ECHT jetzt?!!

Das verquere Leben der Lina Linden

BOOKS ON MARS
BERLIN

Besuch uns im Internet: books-on-mars.de
und bei Instagram: @books.on.mars

Originalausgabe
© BOOKS ON MARS 2023
Ein Imprint der GH Medienhaus Berlin GmbH

 **BOM**

Art Direction, Layout und Satz: Hannah Specht
Redaktion: Antonia Müller
Lektorat: Shirin Faupel
Umschlag und Illustrationen: Nadine Roßa
Druck und Bindung: READ ME Printing House
ISBN 978-3-9825423-1-7

ECHT jetzt?!!

Das verquere Leben der Lina Linden

von
Sophie &
Susanne
SCHLÖSSER

mit
ILLUSTRATIONEN
von
Nadine Roßa

Für alle Menschenkinder, die sich ab und zu
etwas unsicher oder allein fühlen

Inhaltsverzeichnis

Kapitel 1
Berlin

Mann, bin ich müde. Warum habe ich nur Ja gesagt? Aber Mama hat so traurig geguckt, als sie gefragt hat, ob ich zum Bäcker mitkomme. Da wollte ich sie nicht allein gehen lassen. Das dauert… Wieso können die Leute nicht einfach vorher überlegen, was sie wollen? Sie wissen doch, dass sie sagen müssen, was sie wollen, wenn sie dran sind. Wie ich das hasse, wenn eine lange Schlange beim Bäcker ist und die Verkäuferinnen bei jeder Kundin und jedem Kunden alles, was im Angebot ist, noch einmal aufzählen. Was macht Mama da??? Ein Handy hat *Can't Stop the Feeling!* als Klingelton und Mama fängt an zu tanzen, wie peinlich. Beim Bäcker. In der Schlange. Direkt neben mir!!! *Echt jetzt?!!* Und jetzt singt sie auch noch dazu. Wie peinlich!

„Mama, du hast mir doch versprochen, hier in Berlin nicht mehr so peinlich zu sein! Kannst du bitte wie alle anderen in der Schlange gelangweilt gucken?", sage ich mit hochrotem Kopf.

Mama lacht mich an und sagt: „Aber gute Laune ist doch nicht peinlich, mein Schatz."

Ich bin sowieso total mies drauf, weil wir heute nach Berlin gezogen sind und ich meine beste Freundin in Hamburg lassen musste. Das war so nicht abgesprochen. Warum treffen Eltern solche Entscheidungen immer ohne uns Kinder? Als ob es für uns nicht wichtig wäre, wo wir wohnen.

Meine beste Freundin Clara und ich sind in Hamburg zusammen aufgewachsen. Unsere Mütter sind beste Freundinnen, daher kennen wir uns schon seit unserer Geburt, wir sind nämlich in derselben Woche geboren. Schon immer sind wir unzertrennlich und wissen alles, wirklich alles voneinander. Wir haben bis gestern sogar nebeneinander gewohnt, das war supercool. Gerade wenn meine Eltern mal wieder richtig genervt haben, bin ich einfach zu ihr rübergeschlichen. Clara ist echt super, sie versteht mich wie niemand sonst. Und wir haben immer alles geteilt, auch unsere Melonengummibärchen, die wir beide am liebsten mögen. – Oh, wir sind dran. Mama fragt, was ich will. Ich sage: „Kuchen." Sie sagt: „Nein, was Richtiges." Als ob Kuchen nichts Richtiges wäre. Was ist falsch an Kuchen? Jetzt komme ich schon mit und darf mir nicht mal aussuchen, was ich möchte. Ich zucke mit den Schultern und sage: „Dann such du doch was aus…" Darauf folgt eine peinliche Diskussion vor allen Leuten, dass ich doch extra mitgekommen bin, damit ich mir etwas aussuchen kann, und jetzt nichts aussuchen will. Na ja, du kannst es dir vorstellen. Am Ende haben wir uns auf ein Vollkorncroissant geeinigt. Normalerweise macht Mama alles selbst, sie ist ja schließlich Köchin, auch wenn sie inzwischen nur noch Kochbücher schreibt. Aber weil wir heute erst umgezogen sind und in unserem neuen Zuhause noch das Mega-Chaos herrscht, gibt es Abendbrot vom (Bio!)Bäcker.

Wir fahren wieder nach Hause und ich esse mein Croissant schon im Auto. Hoffentlich haben Papa und Leo schon das Bett aufgebaut, ich bin echt sooo müde, und morgen ist mein erster Tag an der neuen Schule. Und ich will nicht gleich am ersten Tag einschlafen. Papa und mein älterer Bruder Leo sitzen auf der Couch und checken, ob die Playstation funktioniert. *Echt jetzt?!!* „Papa, ist mein Bett aufgebaut? Ich bin hundemüde und brauche meinen Schönheitsschlaf."

Leo lacht blöd. Wie immer.

„Wenn du mir hilfst, geht es schneller", sagt Papa.

Stell dir bitte an dieser Stelle mindestens einhundert Smileys vor, die die Augen verdrehen, so fühle ich mich nämlich. „Okay, dann aber los jetzt." Ich schleppe mich die Treppe hoch und ziehe Papa hinter mir her.

Endlich ist das Bett aufgebaut. Ich ziehe meinen Schlaf-anzug an, krame die letzten Melonengummibärchen aus meiner Kiste mit den wichtigen Sachen und mache es mir mit Bärly, meinem Lieblingskuscheltier, im Bett gemütlich. Wo ist mein iPod? Richtig gelesen: iPod. Oh no, muss ich jetzt noch mal aufstehen? „Mamaaaaaaaa! Wooo ist mein iPooood?"

Keine Reaktion.

Ich muss wohl doch aufstehen. Die sind auch wirklich zu gar nichts nutze. Ich finde ihn in meinem Rucksack, den ich im Auto dabeihatte. Zum Zähneputzen habe ich heute keinen Nerv. Ich höre mir noch eine Folge von *Die drei Aus-rufezeichen* an und schlummere ein.

Kapitel 2
Der erste Schultag

Diese Schule ist ja riesig, da muss ich vor Aufregung voll rülpsen. Wie peinlich. Neben mir sagt ein Mädchen mit langen braunen Haaren und einer knallroten Brille auf der Nase: „Prost!"

Ich werde rot wie eine Tomate. **Echt jetzt?!!** Na klasse, das ist ja ein super Start.

„Bist du neu hier? Ich bin Anna", stellt sich das Mädchen vor und schiebt ihre etwas zu große Brille die Nase hoch. „Soll ich dir helfen, deine Klasse zu finden? In welche Klasse gehst du?"

Das sind aber viele Fragen. Ich merke, dass ich schon wieder rülpsen muss. Das sind die Melonengummibärchen, die ich heute Morgen noch schnell heimlich gegessen habe. Ich schlucke den Rülps runter und sage: „Ich heiße Lina. Was waren die anderen Fragen?"

Anna lacht und antwortet verlegen: „Ich frage immer zu

viel, sorry. Also wohin musst du?"

„Ich soll mich im Sekretariat melden."

Anna begleitet mich zum Sekretariat. Und wir stellen fest, dass wir beide zu den Labrafanten bei Herrn Schotter gehen. Anna hakt sich fröhlich bei mir unter und zieht mich mit in Richtung Klassenzimmer. Wow, sind das viele Stufen... Warum sind ausgerechnet wir ganz oben? Anna und ich kichern immer noch über die Labrafanten, denn sie ist auch erst seit Kurzem auf der Schule und findet es immer noch lustig, dass die Klassen nach Mischungen aus zwei Tieren benannt sind. Bei uns sind es die Labradore und die Elefanten. Aha, die Lehrer und Lehrerinnen scheinen hier besonders lustig zu sein. Hoffentlich sind sie auch nett.

„Und? Wie ist Herr Schotter so?", frage ich, als plötzlich ein Junge von hinten angerast kommt. Er drängelt sich so an mir vorbei, dass ich voll ans Geländer knalle und Annas Brille wieder von ihrer Nase rutscht. Au, das hat wehgetan.

„Mann, pass doch auf, du Idiot!", fauche ich ihn an, ohne ihn anzugucken.

Er dreht sich zu mir um und murmelt: „Entschuldigung, war keine Absicht. Ich wollte nicht schon wieder zu spät kommen. Geht's?"

Na gut, wenigstens hat er sich entschuldigt. „Ja, alles okay."

„Ich bin Toni und du?", fragt er mich, während wir zu dritt weiter die Treppe hochlaufen.

„Ich heiße Lina. Ich bin gestern erst nach Berlin gezogen."

Da stehen wir plötzlich schon mitten im Klassenzimmer. Alle starren uns an.

Vorne steht ein großer, schlanker Mann mit grauen Haaren und einem Vollbart, das muss Herr Schotter sein. Er dreht sich zu uns und sagt: „Du bist bestimmt Lina. So, alle Labrafanten setzen sich bitte einmal hin. ... Etwas leiser bitte, die Damen und Herren. Auch du, Selma, hör auf zu gackern. So Lina, komm mal nach vorne ans Whiteboard und schreibe deinen Namen darauf. Hier ist ein Stift."

Ich nehme hastig den Stift und dabei fällt mir mein Rucksack runter. Als ich ihn aufheben will, kullert der Stift unter den Tisch, und vor lauter Peinlichkeit muss ich auch noch rülpsen. Puh, was für ein Start. Toni, unter dessen Tisch der Stift gerollt ist, gibt ihn mir zurück und fragt: „Brauchst du Hilfe?"

Nö, ne? Peinlicher kann es wohl nicht werden. Ich sage: „Nein danke, ich schaffe das schon."

Herr Schotter wartet geduldig und nippt an seiner Kaffeetasse, auf der *Bitte nicht stören* steht. Aha. Ein Lehrer, der nicht gestört werden will, das kann ja lustig werden. Als ich mich wieder gefangen habe, schreibe ich an das Whiteboard: *Lina Linden*.

Herr Schotter nickt freundlich und bittet mich: „Stell dich doch einmal vor, woher kommst du? Erzähl etwas über dich und deine Familie und was du am liebsten machst."

Okay, jetzt darf ich vor der ganzen Klasse auch noch was erzählen. Ich dachte, ich kann mich still in eine Ecke verdrücken. Vielleicht sollte ich mir auch eine Tasse kaufen, auf der *Bitte nicht stören* steht ...

Ich lege los: „Ich heiße Lina Linden, bin elf Jahre alt und wohne in der Ludwigstraße 8 in Berlin-Wannsee. Ich komme aus Hamburg. Mein Bruder heißt Leo, ist vierzehn Jahre alt, mein Vater heißt Lukas, wir nennen ihn Luke, er hat hier in Berlin einen neuen Job, deswegen sind wir umgezogen. Meine Mutter heißt Lorelei und ist Köchin, aber weil die Gäste im Restaurant immer so viel rummeckern, schreibt sie nur noch Kochbücher. Unser Hund heißt Lotte. Noch Fragen?"

Ein Mädchen kichert und fragt: „Warum seid ihr nicht nach Lübeck gezogen, wenn eure Namen alle mit L

anfangen?" Ein Junge sagt: „Die L-Family"
und prustet los.

„Jetzt wollen wir uns alle mal beruhigen", mahnt Herr Schotter, dem wohl auf-
gefallen ist, wie rot ich geworden bin. DAS
IST SO PEINLICH! Warum mussten meine
Eltern, die beide schon Namen mit L haben und Linden mit
Nachnamen heißen, uns auch noch Namen mit L geben?
In Hamburg haben sie sogar ein L hinter unsere Hausnummer geklebt, weil das ja sooo witzig ist. Sie haben mir aber
versprochen, es dieses Mal zu lassen. Hat Herr Schotter
noch was gesagt? Ich bin ganz in meine Gedanken versunken. „Lina?"

„Ja, Herr Lehrer." Ich habe Herr Lehrer gesagt, oh Mann,

Echt jetzt?!!

„Setz dich doch hier vorne zu Anna und Lilli an den
Tisch."

Anna steht auf und hilft mir beim Tragen meiner Sachen.
Sie macht mir Platz, während Lilli neben ihr nur die Augen
verdreht und ihre blonden Kringellocken um ihren Zeigefinger kringelt. Als ich schließlich sitze und meine Sachen
auf dem Tisch ausgebreitet habe, geht es los, und ich bin
endlich nicht mehr im Mittelpunkt. Anna erklärt mir während des ersten Blocks, woran sie arbeiten, und fragt mich,
ob wir das Projekt in GeWi gemeinsam machen wollen.

Ich muss erst mal fragen, was GeWi ist, und werde aufgeklärt: Gesellschaftswissenschaften, was auch immer das bedeutet. Ich freue mich, dass Anna da ist, und hoffe, dass wir Freundinnen werden können.

In der Pause frage ich Lilli und Anna von meinem Tisch: „Wollen wir gemeinsam nach draußen gehen?"

Lilli antwortet nicht und wirft ihren blonden Lockenkopf zur Seite, Anna zieht mich einfach mit sich raus auf den Pausenhof.

„Was ist mit Lilli? Spricht sie nicht gerne?", frage ich Anna.

Anna schiebt ihre Brille wieder zurück auf die Nase und erwidert: „Lilli hält sich wohl für was Besseres ... Sie spricht nicht mit mehr mit mir seit dem Ding mit der Kinokarte."

„Was für ein Ding mit der Kinokarte?", frage ich.

„Na ja, hm, das war ehrlich gesagt nicht so glücklich...", druckst Anna herum. „Am Tag, bevor ich frisch in die Klasse kam, hat Herr Schotter zehn Kinokarten für einen gemeinsamen Kinobesuch verlost, den die Klasse bei einem Kunstwettbewerb gewonnen hatte. Leider waren es eben nur zehn Karten und wir sind hier 25 Kinder, also mit dir jetzt 26, in der Klasse, daher konnten nicht alle aus der Klasse mit. Aus dem Grund hat Herr Schotter die Karten verlost. Er fragte dann, ob mir jemand seine Karte abgeben würde, da ich ja neu bin und es schön wäre, wenn ich mitkommen könnte, um die Klasse kennenzulernen. Denn ich war ja bei der Verlosung nicht dabei. Lilli, die da schon neben mir saß, sagte, dass ich ihre Karte haben könne. Am Tag des Kinobesuchs war ich dann leider krank und konnte nicht mit. Jetzt ist sie sauer, weil sie für mich verzichtet hat und ich nicht hingegangen bin." Sie murmelt leiser weiter: „Aber ich kann ja auch nichts dafür, dass ich krank geworden bin ... Na ja, ein bisschen kann ich sie auch verstehen."

Jetzt verstehe ich, was Anna mit dem Kinokarten-Ding meinte. Eine blöde Situation, aber warum Lilli nicht mit MIR spricht, verstehe ich trotzdem nicht. Egal, ich esse jetzt erst mal mein Pausenbrot und freue mich auf die Erdbeeren, die Mama mir zum Nachtisch eingepackt hat. Ich biete Anna eine Erdbeere an und wir teilen uns die ganze Schüssel. So wie früher mit Clara. Ich bekomme einen Kloß im Hals. Was Clara jetzt wohl gerade macht? Sie spielt bestimmt mit Svenja auf unserer Wippe und teilt ihre Melonengummibärchen mit ihr. Ich rufe sie heute Nachmittag an. Dann erzähle ich ihr alle Einzelheiten. Ich bin gespannt, was sie aus Hamburg erzählt.

Als wir wieder in die Klasse kommen, klebt ein Zettel an Lillis Rücken: *Lilli ist doof*. Ein paar Jungs kichern. Ich nehme den Zettel ab, stelle mich auf den Tisch und rufe in Richtung der beknackten

Jungs: „Wahnsinnig witzig, ihr Blödmänner. Lasst den Mist gefälligst, sonst bekommt ihr es mit mir zu tun." Langsam steige ich wieder vom Tisch und frage mich, woher ich plötzlich den Mut hatte – und werde rot. Was war das eben? War ich das? Lilli dreht sich zu mir um und lächelt: „Danke. Das war echt megacool von dir."

Ich lächle zurück. Sie ist ja doch ganz nett. Lilli holt ein paar Pfirsichringe aus ihrem Rucksack und bietet mir welche an. Ich nehme mir einen, grinse und stecke mir einen Pfirsichring in den Mund.

„Danke", sage ich kauend. „Die Jungs sind echte Idioten, mach dir nichts draus. In unserer Klasse in Hamburg hatten wir auch so eine Idiotengang. So haben Clara und ich sie immer genannt."

„Idiotengang ist gut, das merke ich mir", lacht Lilli.

Nach der letzten Stunde verabschiede ich mich von Anna und Lilli, die immer noch nicht miteinander reden, Augenverdreh-Smiley, und renne die Treppe hinunter. Schon wieder rempelt mich Toni von hinten an.

„Mann, pass doch auf, du Trampel", zische ich ihn an, als mein Rucksack gegen die Wand knallt und dann mal wieder auf dem Boden landet. Dieses Mal ist es Toni, der rot wird.

„So sorry", stammelt er und grinst verlegen. Dann rennt er weiter und ruft mir zu: „Hab's eilig, muss meinen kleinen Bruder vom Kindergarten abholen. Kommt nicht wieder vor!"

Weg ist er. So ein Trottel. Aber irgendwie ist er auch süß, wenn er so lächelt. Ich wische den Gedanken mit meinen Haaren aus dem Gesicht und laufe die Treppe weiter runter.

Vor der Schule wartet Mama schon auf mich und springt aufgeregt auf und ab: „Hier bin ich, mein Schatz. HIER!" *Echt jetzt?!!* Ich laufe an ihr vorbei, als würde ich sie nicht kennen, und steige beschämt in unser Auto, das übrigens das Kennzeichen HH-LL hat, wie sollte es auch anders sein.

„Ich habe dir was mitgebracht", sagt Mama, als sie auch wieder im Auto sitzt und ignoriert, dass ich sie nicht begrüßt habe. Sie reicht mir eine Mini-Schultüte. Das ist jetzt irgendwo zwischen hochnotpeinlich und voll lieb. Ich entschiede mich dafür, dass ich mich freue, und sage: „Danke, Mama, lieb von dir."

„Schau rein", sagt sie. Ich finde darin Melonengummibärchen, einen Einhornkalender, Pupsschleim, zwei Radiergummis und einen Glitzerstift. Irgendwie doch süß.

Ich reiße die Melonengummibärchen auf, stopfe mir zwei in den Mund und sage schmatzend: „Danke, Mama."

Sie lächelt und fährt los. Sie weiß einfach, wie sie mich rumkriegt.

Zu Hause werfe ich meinen Rucksack in die Ecke und renne direkt in mein Zimmer. So, jetzt rufe ich erst mal Clara an. Doch bei ihr zu Hause nimmt keiner ab. Ich versuche es einfach auf dem Handy, auch wenn ich weiß, dass Clara es meistens zu Hause liegen lässt, denn sie hat genau wie ich noch immer kein Touchhandy, also kein Smartphone, und das ist ihr genauso peinlich wie mir. Deshalb lässt sie es meistens zu Hause. Es klingelt. Sie geht nicht ran. Wusste ich es doch. Wie blöd, ich wollte Clara doch von meinem ersten Tag erzählen, vom Umzug und meinem neuen Zimmer, das echt cool ist. Ich habe jetzt eine superschicke Sitzecke unter meinem Hochbett. Die wollte ich schon immer haben. Das Telefon klingelt. „Das ist bestimmt Clara, ich geh ran", brülle ich durchs Haus. „Hallo, Clara?"

„Nein, ich bin es, Eva. Hast du angerufen?" Eva ist Claras Mum.

„Ja, ist Clara da?"

„Nein, die ist bei Svenja. Ich sage ihr, dass sie dich anrufen soll, wenn sie wieder da ist, okay?"

„Ja gut."

Das war klar, dass Svenja sich gleich Clara krallt, wenn ich weg bin. Sie war schon immer eifersüchtig auf unsere Freundschaft und hat versucht, sich dazwischenzudrängeln. Aber das wird sie nicht schaffen, denn Clara und ich sind BFF für immer und immer. Das haben wir uns geschworen. Aber ein bisschen traurig bin ich schon. Ich lege mich aufs Bett und mache unsere gemeinsame Playlist an. Denn auch wenn ich kein Touchhandy bekomme, habe ich wenigstens einen iPod mit Spotify. Clara und ich sind echte Musikfreaks. Wir erstellen regelmäßig neue gemeinsame Playlists und singen die dann komplett durch. Zu meinem letzten Geburtstag habe ich sogar ein Mikrofon mit Musikbox bekommen. Ich mache unsere letzte BFF-Playlist an, lege mich auf den Teppich und starre an die Decke. Ob unsere Freundschaft wirklich hält? Bis wir achtzehn sind und endlich in eine gemeinsame Wohnung ziehen können, dauert es noch SIEBEN Jahre. Das ist eine halbe Ewigkeit. Clara und ich haben uns geschworen, dass wir eine WG gründen, wenn wir ausziehen, und zum Studieren nach Paris gehen. Irgendwie macht mich der Gedanke daran jetzt traurig. Ich mache die Musik aus und gehe in Leos Zimmer.

„Wollen wir was spielen?", frage ich ihn.

„Jetzt nicht", brummt er.

„Ach komm, Leo, früher haben wir doch oft was gespielt, mir ist langweilig."

„Nö, jetzt nicht. Ich bin müde. Und ich muss noch Hausaufgaben machen", stöhnt er, während er sich von mir wegdreht.

Na toll, seit er in der Pubertät ist, ist er entweder müde oder er rastet voll aus. Echt nervig. Ich werde auf gar keinen Fall so in der Pubertät. Ich werde höchstens etwas zickig und brauche vielleicht noch länger im Bad, aber SO werde ich garantiert nicht. Ich drehe mich um und will runter in die Küche, da brüllt er hinter mir her: „Tür zu!" Ich ignoriere es und gehe einfach in die Küche. Als ich unten ankomme, knallt seine Tür. Blödmann. Gefühlt gestern waren wir noch ein Herz und eine Seele. Ich vermisse den alten Leo. Ob es zwischen uns je wieder so wird wie früher? Mama sitzt in der Küche, vertieft in ihre Gewürze und Zutaten.

„Mama?"

„Mhhh …", murmelt sie nur.

„Mama? Spielst du was mit mir?", frage ich zögernd.

„Jetzt nicht, mein Schatz, ich muss dieses Kochbuch fertig bekommen. Nächste Woche ist Abgabe", antwortet sie. „Aber lies doch ein Buch, wenn dir langweilig ist", schiebt sie noch hinterher.

Lesen ist soooo langweilig. Nein, danke.

„Mama?"

„Mhhh?"

„Kann ich das iPad?"

„Ach Schatz, mach doch etwas Sinnvolles. Mal was, bastel was, mach ein Puzzle", schlägt sie vor.

Ich drehe mich um und gehe aus der Küche. Wenn Clara jetzt da wäre, hätte ich keine Langeweile. Mit Clara hatte ich nie Langeweile. Ihr verschleppt mich in dieses Berlin, und jetzt sitze ich hier alleine, ohne Clara, und darf nicht mal das iPad haben. Ich hasse meine blöde Familie. Alle. Papa, weil er diesen Job unbedingt wollte, Mama, weil sie mir nicht das iPad gibt, und Leo, weil er nicht mit mir spielt. Ich gehe einfach mit Lotte nach draußen und erkunde die Gegend.

„Mama, ich gehe mit Lotte raus, ja?"

„Vergiss die Kackbeutel nicht", ist das Einzige, was meine Mutter dazu zu sagen hat. Juhu. Ich schnappe mir Lotte, Kackbeutel, Leckerlis, meinen Schlüssel und stapfe  wütend aus dem Haus. Ihr könnt mich alle mal gernhaben. Draußen sehe ich, dass sie es schon wieder getan haben. Ich könnte ausrasten. Aaaaahhhh. Sie hatten es doch versprochen. Eine Million Wut-Smileys plus eine Million Augen verdrehende Smileys. An unserer Hausnummer klebt ein L. Diese Familie! Wie hat der Vollpfosten in der Schule heute gesagt: „Die L-Family." Da könnte man eine

prima Serie draus machen. „Die beknackte L-Family."
Lotte schaut mich erwartungsvoll an und wedelt mit dem
Schwanz. Na, wenigstens du verbringst gern Zeit mit mir.

Als ich wieder nach Hause komme, gehe ich in die
Küche, hole mir etwas zu trinken und fülle Lottes Napf, die
sich direkt drauf stürzt.

„Clara hat angerufen", ruft Mama mir zu.

Ich suche das Telefon. Wo ist dieses blöde Ding, wenn
man es braucht? „Mama, wo ist das Telefon?"

„Weiß nicht, frag mal Leo", antwortet sie.

„Aber du hast doch mit Clara gesprochen, oder?"

„Ja, aber dann hat Oma angerufen und wollte noch mit
Leo sprechen." Ich flitze die Treppe hoch und stürze in
Leos Zimmer.

„Kannst du nicht anklopfen?", pflaumt er mich an.

„Sorry. Hast du das Telefon?"

„Ja, aber der Akku ist alle."

„Warum kannst du es dann nicht auf die Ladestation
tun?"

Mann, so ein faules ... Ich schnappe mir das Telefon und
renne wieder nach unten, um es aufzuladen.

„Tür zu!", höre ich es nur von oben. Das hat er jetzt davon. Ich suche mein Handy in meinem Schulranzen und
wähle Claras Nummer.

„Plenken", sagt Claras Mum.

„Ich bin's, Lina. Ist Clara da?"

„Clara war kurz da, um ihre Sachen zu packen. Hat sie nicht angerufen? Ich habe ihr gesagt, dass du angerufen hast."

„Sachen packen? Wofür denn?", frage ich Eva.

„Sie schläft heute bei Svenja. Wie war denn dein erster Tag an der neuen Schule?"

„Gut", antworte ich ungeduldig. „Hat sie denn ihr Handy dabei?"

„Versuch's einfach."

„Okay", sage enttäuscht und lege auf.

Ich gehe in mein Zimmer und räume Sachen von links nach rechts. Ich bin wütend, traurig, enttäuscht. Warum schläft Clara jetzt bei Svenja? Sie muss mich doch auch vermissen und mit mir reden wollen. Ich lege mich aufs Bett und mir kullern ein paar Tränen übers Gesicht. Ich bin irgendwie erschöpft von alldem. Der Umzug, die neue Klasse, dieser Toni und Clara.

Kapitel 3
Anna und Lilli

„Aufstehen, Lina! Du kommst noch zu spät", ruft meine Mutter von unten.

Ich habe gestern noch viel zu lange *Die drei Ausrufezeichen* gehört. Ich bin soooo müde. Kennst du das auch? Abends kann man nicht einschlafen und morgens fühlt es sich an, als wäre es noch mitten in der Nacht ...

Ich schäle mich aus dem Bett und tapse die Treppe herunter. „Morgähn", gähne ich.

„Iss dein Frühstück und dann zacki, zacki", erwidert Mama.

Ich könnte direkt am Tisch wieder einschlafen ... Was soll ich bloß anziehen? Fast alle meine Klamotten sind in der Wäsche. „Mama, ich habe keine Unterhosen mehr. Kannst du neue kaufen?"

„Ich habe dir gesagt, bring sie rechtzeitig vor dem Umzug

in die Waschküche. Ich will dich nicht kontrollieren müssen, mein Schatz. Du hast mehr als genug Unterhosen. Hast du denn noch eine für heute?"

„Ja, ich glaube schon", murmle ich und schleppe mich nach einer Schüssel Müsli wieder nach oben in mein Zimmer. Ich habe so viele Klamotten, die mir jetzt peinlich sind. Mit Micky Maus drauf, peinlich, mit Herzchen drauf, peinlich. Ich entscheide mich für eine Jeans und meinen BFF-Pullover. Den haben Clara und ich zusammen im Urlaub auf Baltrum gekauft. Sie in Lila, ich in Türkis, auf beiden steht GRL ENERGY.

Anna und Lilli sprechen immer noch nicht miteinander. Lilli ist supernett zu mir. Anna auch. Beide wollen sich mit mir verabreden. Mit wem soll ich mich bloß zuerst verabreden, ohne dass die andere sauer ist? Warum muss alles immer so kompliziert sein? Herr Schotter krault seinen grauen Bart und erklärt etwas über die Organe. Hinten kichert schon wieder die Idiotengang. Ich drehe mich um und Toni lächelt mich an. Schnell drehe ich mich wieder nach vorne und merke, dass ich rot werde. Affe-mit-Händen-vor-dem-Gesicht-Smiley. Peinlich.

Herr Schotter setzt sich mit seiner *Bitte nicht stören*-Tasse an seinen Platz und alle fangen an zu arbeiten. Ich habe nichts mitbekommen. „Was sollen wir machen?"

Anna putzt ihre knallrote Brille, setzt sie wieder auf die Nase und sagt: „Wir sollen uns die Organe im Buch anschauen, sie abzeichnen und beschriften."

Aha, was für eine blöde Arbeit.

Als es zur Pause klingelt, fragen Anna und Lilli gleichzeitig: „Kommst du mit raus?"

Ich hake mich bei beiden unter, antworte beiden gleichzeitig: „Gerne doch!" und ziehe sie einfach hinter mir her.

Lilli will protestieren, aber sie stolpert und so fliegen wir alle drei hin. Übereinander. Wie die toten Fliegen. Wie peinlich. Und ich mittendrin. Toni hilft Anna beim Aufstehen, reicht ihr ihre Brille, die in einem hohen Bogen durch den Raum geflogen ist, und fragt sie: „Alles okay?"

Sie lächelt ihn an, wird rot und stammelt: „Ich glaube schon, danke."

Toni zwinkert ihr zu und geht nach draußen.

„Bei uns ist auch alles okay, danke!", brüllt Lilli Toni hinterher und knautscht ihre blonden Locken zurecht.

„Geht ihr mal, ich habe noch was zu tun", sagt Lilli zu uns und dreht sich weg.

Ich flüstere Anna zu: „Geh schon mal vor, ich komme gleich nach. Wir treffen uns am Klettergerüst, okay?"

Anna geht nach draußen und ich zu Lilli. „Hör mal, ich weiß, das mit dem Kino war doof, aber wollt ihr euch nicht wieder vertragen? Ich mag euch beide echt gern und finde es schade, dass ihr euch streitet."

Lilli überlegt kurz und antwortet dann: „Eigentlich fand ich Anna wirklich nett. Aber dann ist das mit der Kinokarte passiert, und sie hat sich bis heute nicht entschuldigt."

Mir ist klar, dass ich Anna dazu bringen muss, sich bei Lilli zu entschuldigen, wenn ich mit beiden befreundet sein will. Ich sage zu Lilli: „Okay, verstehe, das macht irgendwie Sinn. Kommst du trotzdem mit raus?"

Lilli zögert und kramt nachdenklich in ihrer Tasche herum. „Ehrlich gesagt habe ich seit Tagen mein neues Hüpfgummi dabei und habe niemanden, mit dem ich es ausprobieren kann. Es kann leuchten und ist wirklich superschick. Meine Tante hat es mir geschenkt. Sie schenkt mir immer die abgefahrensten Sachen, die meine Eltern mir nie kaufen würden ..."

„Kommst du also mit? Wir können doch dein Hüpfgummi ausprobieren, wenn du magst", sage ich und ziehe an ihrem Arm.

Als wir draußen am Klettergerüst ankommen, lehnt Anna mit ihrer Trinkflasche am Gerüst und quatscht mit Toni. Als Toni uns kommen sieht, sagt er zu Anna: „Na dann bis später, Schönheit!", dreht sich um und geht.

„Schönheit?", frage ich Anna.

Sie wird rot. „Ach, das sagt er zu jeder, er meint das nicht so."

Aha, so einer ist das also! Ich merke, dass mich das irgendwie ärgert. Ich schüttle den Kopf und damit die Gedanken weg und konzentriere mich wieder auf das Kinokarten-Problem. „Anna, ich mag dich. Ich mag aber auch Lilli, und ich würde mich freuen, wenn ihr euch wieder vertragen könntet. Kannst du dich nicht einfach bei Lilli entschuldigen?", frage ich sie. Ich merke, dass es ihr super unangenehm ist, dass ich das Thema schon wieder anspreche. Sie dreht verlegen den Kopf weg, schaut zu Lilli und murmelt leise: „Lilli, es tut mir echt leid, wie das mit der Kinokarte gelaufen ist. Wollen wir uns wieder vertragen?"

Lilli nickt und packt ihr Hüpfgummi aus. Ich bin total erleichtert und hoffe, dass wir uns jetzt zu dritt verabreden können.

Ihr könnt euch nicht vorstellen, WIE cool dieses Hüpfgummi ist. Es ist wie eine große Leuchtgirlande und macht eine Melodie. Abgefahren. Wir hüpfen den Rest der Pause und sind die Hauptattraktion des Schulhofs, wegen des abgefahrenen Hüpfgummis natürlich.

Im Klassenzimmer begrüßt uns Toni: „Na, Disco-Girls? Schön gehüpft?"

Ich verdrehe die Augen und setze mich ohne zu antworten an meinen Platz. Auch wenn ich ihn süß finde, ich will nicht, dass er zwischen Anna und mir steht. Jetzt, wo wir das mit Lilli gerade erst geklärt haben.

Nach der letzten Stunde fragt Anna mich, ob wir uns am Freitagnachmittag verabreden wollen. Lilli steht mit dem Rücken zu uns und ich frage Anna: „Wollen wir uns vielleicht zu dritt verabreden? Wir könnten wie *Die drei Ausrufezeichen* einen Club gründen. Das wollte ich schon immer mal machen."

„Megaidee!", freut sich Anna und ruft: „Lilli! Wollen wir uns am Freitag bei mir zu dritt treffen und einen Detektivinnen-Club gründen, wie *Die drei Ausrufezeichen*?"

„Ja, warum nicht", antwortet Lilli, schüttelt ihren blonden Lockenkopf und schaut uns neugierig an. „Was wollt ihr denn ermitteln?", fragt sie zögerlich.

„Das schauen wir dann. Hauptsache, wir gründen erst mal unseren Club. Vielleicht den LAL-Club oder den ALL-Club. Ich bringe Melonengummibärchen mit, dann können wir unseren Club damit feiern", freue ich mich.

Lillis Augen beginnen zu leuchten: „Ich lieeebe

Melonengummibärchen. Ich bringe dann noch eine Packung von den japanischen Süßigkeiten mit, die mir meine Tante geschenkt hat. Die schmecken gaaanz anders, aber es macht richtig Spaß, sie durchzuprobieren."

Die Sache ist geritzt. Anna und Lilli haben sich wieder vertragen und ich kann mich entspannt mit beiden treffen. Puh. Gott sei Dank. Anna schreibt mir noch ihre Adresse auf und dann spurte ich nach unten, denn Mama wollte mich heute noch mal abholen. Wir kaufen neue Sportschuhe. Wie gut, dass heute schon Mittwoch ist – übermorgen habe ich meine erste Verabredung.

Kapitel 4
Die übernachtung

Als ich bei Anna ankomme, springe ich vom Fahrrad, schließe es an den Zaun und zische Mama zu: „Du kannst nach Hause fahren, ich bin schon groß."

Aber Mama macht keine Anstalten zu gehen. Sie grinst mich an und schließt ebenfalls ihr Fahrrad ab. „Ich will doch wissen, mit wem du dich herumtreibst", sagt sie lachend, während sie umständlich ihre Jacke in ihrem Rucksack verstaut.

In dem Moment kommt Lilli auf Inlinern angebraust und stoppt elegant, indem sie sich um ihre eigene Achse dreht.

„Siehst du, Lina, hättest du weitergeübt, als du deine Inliner bekommen hast, könntest du jetzt auch bremsen", bemerkt Mama. Oberpeinlich. Einhunderttausend Aufge-rissene-Augen-mit-rotem-Gesicht-Smileys.

„Echt jetzt, Mama?!!"

Mama hält sich die Hand vor den Mund und macht

dann das Reißverschlusszeichen, als würde sie damit ihren Mund verschließen. Was eigentlich heißt, dass sie nichts mehr sagt. Wer das bei meiner Mutter glaubt, kennt sie allerdings schlecht. Wenn sie etwas nicht kann, dann ist es ihren Mund zu halten, wenn es mir wichtig ist.

„Hey", begrüßt mich Lilli, setzt ihren Helm ab und schüttelt ihre blonden Kringellocken.

„Hey", sage ich verlegen.

Meine Mutter streckt ihr die Hand hin: „Freut mich, dich kennenzulernen, ich bin Linas Mutter Lorelei."

„Ich bin Lilli. Ich sitze neben Lina in der Schule."

„Ach, dann bist du die, die Toni auch süß findet?", fragt meine Mutter Lilli. Ich versinke im Boden. Da habe ich einmal abends mit ihr im Bett gequatscht und dann so was. Echt jetzt?!! Drei Milliarden Affe-mit-Händen-vor-dem-Gesicht-Smileys. Wie kann Mama jetzt so was raushauen?

„Du stehst auf Toni?", kichert Lilli.

„Ach Quatsch, ich finde ihn nur nett. Mama, kannst du jetzt bitte gehen?!", brumme ich mit hochrotem Kopf. Jetzt merkt auch meine oberpeinliche Mutter, dass das nicht wirklich cool war, und verdrückt sich leise. Gott sei Dank. Mensch. Warum muss ausgerechnet ich so eine peinliche Mutter haben? Warum kann sie nicht einfach Kuchen backen, freundlich gucken, wenn Freundinnen und Freunde kommen, und maximal fragen, wie es ihnen geht?

36

Das kann doch nicht so schwer sein. Ausgerechnet meine Eltern tun immer so, als wären sie meine Freunde. Ich fische meine Melonengummibärchen aus der Tasche und biete Lilli eins an.

„Nett also", sagt sie und grinst mich Melonengummibärchen kauend an, während sie den Klingelknopf drückt.

Anna ist diese Woche bei ihrem Papa, der ist superlustig. Was echt cool an ihm ist: Er verdrückt sich direkt nach der Begrüßung und ein paar Sätzen, ohne dass man ihn bitten muss. Ich wünschte, das hätten meine Eltern auch drauf. Anna ist total aufgeregt, da sie eine neue Hülle mit einer Schnur zum Umhängen für ihr Smartphone bekommen hat. Ja, genau: für ihr Smartphone. Ich bin wirklich, wirklich die Einzige – DIE EINZIGE – in dieser Klasse, die noch kein Smartphone hat. Wie peinlich. Ich hasse es, dass meine Eltern noch so tun, als würden wir in der Steinzeit leben. „Erwachsen bist du noch lange genug. Genieß deine Kindheit", sagt Mama immer. Sie begreift einfach nicht, dass ich meine Kindheit mit Smartphone noch viel besser genießen könnte.

Anna und Lilli haben jetzt auch noch beide diese coole Hülle, na toll. Das wird bestimmt ein super Nachmittag, wenn ich wieder einmal überhaupt nicht mitreden kann. Ich vermisse Clara. Sie ist, außer mir, der einzige

Mensch auf dem ganzen Planeten ohne Smartphone. Okay, Opa Erich gehört auch noch zum Team „Kein Smartphone", aber selbst Oma Heide hat von Mama zu Weihnachten eins bekommen...

„Habt ihr das neue Reel von Toni gesehen? Megacool! Der wird bestimmt Influencer", unterbricht Anna meine Gedanken und schiebt ihre Brille lächelnd die Nase hoch.

Ein Reel? Ich weiß gar nicht, was das ist, traue mich aber nicht zu fragen.

„Du stehst also auch auf Toni?", bohrt Lilli.

„Ach Quatsch, ich finde ihn nur echt nett und ziemlich cool", wehrt Anna ab und dreht sich weg.

„Zeig doch mal das Reel", bitte ich Anna in der Hoffnung, dass ich so nicht zugeben muss, dass ich nicht weiß, was das sein soll.

Anna öffnet Instagram auf ihrem Handy und fragt: „Wie heißt du auf Instagram, Lina?"

Was für eine Sch***idee, so zu erfahren, was ein Reel ist. Jetzt muss ich alles zugeben. Ich werde rot, mir wird heiß, mein Herz klopft, meine Hände fangen an zu schwitzen. Mir wird schwindlig, ich muss rülpsen.

Da lachen die beiden.

„Du rülpst echt wie mein großer Bruder", kichert Anna.

„Geht es dir gut? Brauchst du ein Wasser? Oder vielleicht eine Cola?"

Ich nicke und stammle: „Gerne ein Wasser."

Wenn ich jetzt noch zugebe, dass ich keine Cola mag, halten sie mich für komplett uncool. Mit Clara war es immer so einfach, ihr brauchte ich nie etwas vorzumachen, wir haben uns einfach verstanden. Jetzt will ich unbedingt, dass Anna und Lilli mich mögen. Ich schäme mich für meine Familie, für mich und irgendwie alles. Warum kann ich nicht einfach so cool sein wie die beiden? Mit Smartphones, Instagram und Eltern, die einfach ihr eigenes Ding machen und nicht ständig mit ihren Kindern und deren Freundinnen und Freunden abhängen wollen...

„Hallo?", Anna steht wohl schon eine Weile mit dem Wasser vor mir. Ich nicke, nehme das Wasser und trinke es in einem Zug leer.

„Also, wie heißt du auf Instagram?", wiederholt Anna ihre Frage.

„Ich habe kein Instagram", flüstere ich leise.

Lilli schaut mich ungläubig an und hakt nach:

„Und TikTok?"

Ich schüttle den Kopf.

„Das ist ja abgefahren!", sagt Anna und widmet sich wieder ihrem Telefon. „Schaut hier, das neueste Reel von Toni." Sie dreht das Telefon zu uns und zeigt uns ein Video, bei dem Toni erst in langweiligen Klamotten und Mütze mit dem Skateboard eine Halfpipe herunterfährt und beim

Sprung plötzlich coole Klamotten und eine Sonnenbrille anhat, mit total gestylten Haaren.

„Wow", entfährt es mir.

„Cool, oder?", fragt Anna.

Lilli wirft ihre Locken nach hinten und kichert: „Und ihr steht doch beide auf Toni."

Ich werde schon wieder rot und muss husten.

Dieses Mal reicht mir Anna direkt die Wasserflasche und lacht: „Na ja, vielleicht ein bisschen. Er ist schon sehr süß."

Lilli schaut fragend zu mir rüber.

„Ja, vielleicht ein bisschen", gebe ich zu. „Und, was wollen wir noch machen? Ich kenne mich hier ja noch gar nicht aus, wollt ihr mir ein bisschen die Gegend zeigen?", versuche ich die beiden abzulenken.

In dem Moment, als Anna antworten will, klingelt mein Handy. Ich versuche es zu ignorieren, doch Anna fragt mich: „Willst du nicht rangehen?"

„Das ist bestimmt nur meine peinliche Mutter, die fragen

will, ob es mir gut geht", winke ich ab.

Da klingelt es schon wieder. Ich stelle es in meiner Tasche auf lautlos. Jetzt brummt es. Habe ich das wirklich verdient? Erst muss ich zugeben, dass ich kein Insta und kein TikTok habe, jetzt müssen sie nicht auch noch mein altes Handy sehen. Es brummt wieder. Da beide mich jetzt schon eine Weile anstarren, gehe ich ran: „Ja?"

„Hey allerbeste Freundin der Welt. Ich bin's, Clara. Wollte mal hören, wie es in Berlin ist. Du bist ja jetzt schon fast eine Woche da und wir haben noch gar nicht gesprochen. Erzähl mal. Ach, und ich muss dir unbedingt erzählen, dass Jule jetzt mit Islam geht. Voll krass. Und das, nachdem Lene und er sich gerade erst getrennt haben. Schöne Freundin, die Jule. Lene ist komplett am Boden zerstört ... Mega-Wut-Smiley. Aber jetzt du, wie geht es dir? Wie ist die Schule? Wie ist euer Haus?", plaudert Clara drauflos, ohne Punkt und Komma.

Na, wie sie eben ist, meine ewig-beste Freundin Clara.

„Du, Clara, ist gerade schlecht, ich bin hier bei zwei Freundinnen. Ich melde mich heute Abend, ja?", antworte ich leise und kann ihre Enttäuschung durchs Telefon spüren.

„Okay, wenn du meinst. Ich bin aber nicht sicher, ob ich da bin. Heute Abend sind wir zum Grillen eingeladen. Versuch's einfach. Tschüss dann", antwortet sie enttäuscht und legt auf, bevor ich etwas sagen kann.

Na toll. Das habe ich ja richtig gut hinbekommen.

Anna schaut auf mein Handy: „Hast du wirklich noch so ein Ding? Das ist ja krass."

Unendlich viele Affe-mit-Händen-vor-dem-Gesicht-Smileys plus Schwitzattacke.  Egal, jetzt ist es raus. Ich verdrehe die Augen und antworte: „Schlechtes Thema. Also, was ist nun, zeigt ihr mir die Gegend? Wir können auch Eis essen gehen, ich habe etwas Geld dabei."

Anna springt auf. „Coole Idee. Papa! Kannst du mir Geld geben? Wir wollen Eis essen gehen."

Sie läuft in die Küche, wo ihr Vater am Herd steht und kocht. „Klar. Wollt ihr dann später noch Nudeln essen? Das Essen ist in ungefähr einer halben Stunde fertig."

„Wir machen es uns später warm, jetzt gehen wir erst mal raus", antwortet sie locker, ohne sich Gedanken zu machen, dass ihr Vater gerade kocht.

Wie cool ist das bitte. Meine Mutter würde ausflippen, wenn ich vor dem Essen Eis essen würde.

Ihr Vater streckt ihr lächelnd einen Zwanzigeuroschein hin und sagt: „Okay. Hier, viel Spaß. Nehmt einen Schlüssel mit, ich muss später noch weg."

Das war's. Ich kann nicht glauben, wie cool andere Eltern sind, und bin echt neidisch.

Anna packt ihren kleinen Rucksack und zieht uns Richtung Flur: „Wollt ihr nicht heute hier schlafen? Wenn mein Vater später noch wegmuss, bin ich bestimmt abends mit meinem Bruder allein. Wir könnten einen Filmabend machen und im Wohnzimmer schlafen", jauchzt sie voller Freude. „Dann können wir auch wie besprochen unseren Club gründen und *Die drei Ausrufezeichen* zum Einschlafen hören. So ein richtiger BFF-Abend. Na, was meint ihr?"

Morgen ist ja Samstag, daher wäre es eigentlich in Ordnung. Aber ich schlafe nicht gerne woanders, außer bei Clara. Und ich bin mit Clara zum Telefonieren verabredet. Oh Mann, ist das alles schwierig, wenn man neu in einer Stadt ist. Ich mag die beiden echt gern und will auch, dass sie mich mögen. Aber ich habe auch irgendwie Angst, wenn wir abends allein sind. Ich war noch nie so spät ohne Erwachsene. Und ich schaue nicht gern Filme, da ist meist etwas Gruseliges dabei. Deswegen schaue ich nur Serien. Und nur lustige Serien. So viele Punkte, die dagegen sprechen. Wenn ich jetzt aber Nein sage, finden sie mich wahrscheinlich noch uncooler als ohnehin schon wegen des Handys. Ich will ja gerne. Ich will unbedingt, dass sie mich mögen. Und ich will, dass sie mich cool finden. Aber ich bin wahrscheinlich wirklich nicht cool. Auch wenn ich meine Mutter oberpeinlich finde; wenn sie mich abends ins Bett bringt, wir noch quatschen und sie mich in den Arm nimmt, dann fühle ich mich einfach gut. Irgendwie brauche ich das noch. Vielleicht sind meine Eltern daran schuld, dass ich so uncool bin, weil sie mich immer noch wie ein Kind behandeln und ich mich dadurch auch so verhalte. Dabei bin ich schon elf. ELF. Also zweistellig.

Lilli und Anna haben schon ihre Schuhe an und starren mich an.

Ich habe wohl schon wieder vor lauter Nachdenken die Welt um mich herum vergessen. „Was ist denn nun mit dem Filmabend?", fragt Anna und schiebt ihre Brille zurück auf die Nase.

„Supercool! Ich bin dabei. Ich sage später zu Hause Bescheid. Die sind ganz froh, wenn sie mal ein Kind weniger haben", schiebt Lilli hinterher.

„Ich muss meine Eltern fragen, aber Lust habe ich auf jeden Fall", antworte ich.

So kann ich es mir noch offenhalten und Mama zur Not bitten, es zu verbieten. Dann ist sie wenigstens die Uncoole und nicht ich.

„Lasst uns erst mal losgehen, ich habe Eis-Hunger", versuche ich abzulenken und öffne die Tür.

Das lassen sich Anna und Lilli nicht zweimal sagen und laufen los.

kapitel 5
Toni

„Ein Spaghetti-Eis, bitte."

„Für mich den Erdbeer-Shake."

„Ich nehme zwei Kugeln Vanilleeis."

„Nur Vanilleeis?", fragt mich Anna.

„Ja, das mag ich am liebsten", antworte ich und schiebe den Aschenbecher auf dem Tisch zur Seite.

Plötzlich steht Toni mit seinem Skateboard unter dem Arm an unserem Tisch: „Hey ihr drei. Cooles Wetter, was?" *Echt jetzt?!!* Auch das noch… Ich spüre, wie meine Hände anfangen zu schwitzen. Jetzt bloß nicht rot werden. Bitte, nicht jetzt. Ich versuche, gelassen das Eis, das die Kellnerin gerade bringt, entgegenzunehmen, wobei mir natürlich der Löffel herunterfällt. Eben-ausgedachter-im-Boden-versink-Smiley. Ich bücke mich nach dem Löffel und hoffe, dass Toni weg ist, wenn ich wieder auftauche. Leider kein Glück.

„Kannst meinen haben", sagt Lilli und reicht mir ihren Löffel. „Ich brauche keinen für meinen Shake."

Während ich meinen Aufregungs-Rülps herunterschlucke und dabei ein echt komisches Geräusch mache, das klingt, als würde jemand ein Eichhörnchen erwürgen, lächelt Anna Toni an: „Cooles Reel."

„Ja, das ist nice, oder? War megacool. Na dann, man sieht sich", antwortet er, schwingt sich auf sein Board und ist so schnell weg, wie er gekommen ist. Er ist einfach so, so cool und so, so süß. Ich schaue ihm hinterher und frage mich, ob er mich wenigstens ein bisschen mag. Er lächelt mich zwar immer an, aber so peinlich, wie ich mich benehme, kann ich es mir kaum vorstellen.

„Und?", fragt Lilli und dreht eine ihrer blonden Locken um ihren Finger. „Wer von euch beiden fragt ihn?"

„Was fragen?", antworte ich, ohne eine Ahnung, wo das hinführt.

„Na, ihr mögt ihn doch beide. Wollt ihr ihn nicht fragen, mit wem von euch beiden er gehen will?", fragt Lilli weiter.

Ich starre in mein Eis. Ich bin noch nie mit jemandem gegangen. Ich weiß gar nicht, ob ich das will, ob ich schon so weit bin. Als Leo seine erste Freundin hatte, war er ein Jahr jünger als ich jetzt, aber ich fand es superpeinlich und echt seltsam. Lisa war auch wirklich nervig und blöd.

„Ich würde sagen, wir klären das später und kümmern

uns jetzt erst mal um unseren BFF-Club", lenkt Anna ab.

Ich fühle mich schlecht bei dem Gedanken, einen BFF-Club mit zwei anderen zu gründen, wo meine wirklich beste, allerbeste Freundin doch Clara ist. Ich hatte an einen Detektivinnen-Club gedacht. Wenn ich jetzt einen BFF-Club mit Anna und Lilli gründe, fühle ich mich wie eine Verräterin. Auf der anderen Seite will ich mit ihnen befreundet sein. Sie sind echt nett und Clara ist so weit weg ... Außerdem hängt sie jetzt dauernd mit der nervigen Svenja ab. Ach, was soll's, das heißt ja nicht, dass Clara und ich nicht ewig-beste Freundinnen bleiben.

„Und wie habt ihr euch das so vorgestellt?", frage ich die beiden.

„Also einen BFF-Club finde ich cool. Noch cooler als einen Detektivinnen-Club. Ich finde *Die drei Ausrufezeichen* ehrlich gesagt etwas langweilig. Außerdem ist die eine so eine Angeberin. Wie wollen wir uns denn nennen?", fragt Lilli.

„Lina hatte doch den ALL-Club vorgeschlagen. Das finde ich cool. All we need: the ALL-BFF-Club. So richtige *best friends forever*, das habe ich mir schon immer gewünscht. Übrigens finde ich es echt mega, Lilli, dass das Ding mit der Kinokarte nicht mehr zwischen uns steht. Also ALL-Club?", schlägt Anna vor.

„Finde ich gut. Hast du was zum Schreiben dabei? Dann

können wir uns einen Schriftzug dafür überlegen", sagt Lilli.

Irgendwie ist mir das jetzt doch zu viel mit den *best friends forever*. Ich bin hin- und hergerissen zwischen Clara und meinem neuen Leben, das ich so gar nicht wollte, das aber jetzt eben da ist. Und in dem ich Freundinnen will. Und cool sein will. Und auch will, dass Toni mich mag. Ich merke, dass ich den Filmabend nicht will. Ich will mit Clara quatschen und mit Mama. Wie sage ich das nur? Wie komme ich da raus, ohne dass sie mich nicht mehr mögen, oder denken, dass ich sie nicht mag ...

Nach dem Eis bummeln wir noch eine Weile durch die Gegend und fahren dann zurück zu Anna nach Hause. Hungrig machen wir uns über die Nudeln her, die Annas Papa gekocht hat. Anschließend machen wir es uns im Wohnzimmer gemütlich.

Wir liegen auf Matratzen vor dem Fernseher und schauen Cinderella Story, eigentlich ganz cool, der Film. Nichts wirklich Gruseliges. Ich habe Mama nicht erreicht und Papa kann ich nicht offen sagen, dass ich hier nicht übernachten will. Er spricht dann gleich so lange darüber, er versteht so etwas nicht. Na ja, da sitze ich nun mit meinen neuen Freundinnen, und es ist eigentlich ganz nett.

„Wann kommt denn dein Vater nach Hause?", frage ich Anna.

„Weiß nicht", nuschelt sie mit dem Mund voller Chips und Gummibärchen. Wenn Mama wüsste, dass ich um diese Uhrzeit noch mit Süßigkeiten vor dem Fernseher sitze und kein Erwachsener zu Hause ist. Sie würde ausflippen. „So sind Familien eben unterschiedlich", würde Claras Mama Eva jetzt sagen. Ich habe unser Telefonat per SMS verschoben. Clara hat nicht mal geantwortet. Bestimmt ist sie sauer. Wäre ich auch. Auf der anderen Seite hängt sie die ganze Zeit mit Svenja rum und ist die ganze Woche nicht erreichbar gewesen. Ich wünschte, wir wären noch in Hamburg. Ich würde einfach zu Clara rübergehen und alles klären. Wir würden Melonengummibärchen essen und quatschen, bis wir irgendwann einschlafen.

„Und was schauen wir jetzt?", fragt Lilli.

Lilli ist fast ein Jahr jünger als ich, so wie Anna. Ich fühle mich im Moment allerdings, als wäre ich mit Abstand die Jüngste von uns dreien. Ich schaue auf meine Uhr: „Was? Schon fast Mitternacht! Ich glaube, ich muss schlafen, meine Augen fallen zu." Die beiden schauen sich an. „Okay, wenn du meinst", sagt Lilli, und die beiden setzen sich gemeinsam mit ihren Smartphones auf die andere Seite der großen Matratze. Ist mir jetzt egal. Ich bin müde, ich will schlafen. Ich beschließe, das Zähneputzen zu vertagen, und rolle mich zur Seite. Mann, ist das hell. Ich drehe mich zu den beiden: „Könnt ihr das Licht auf euren Telefonen etwas dunkler machen, bitte?" Lilli verdreht die Augen. „Na klar, für dich doch immer", antwortet Anna und Lilli kichert. Ich fühle mich ausgeschlossen, bin aber zu müde, um weiter darüber nachzudenken.

Mitten in der Nacht wache ich von einem unfassbar lauten Lachen auf, reibe mir die Augen und versuche herauszufinden, wo ich bin. Ach ja, bei Anna. Die beiden können sich gar nicht mehr halten vor Lachen und bemerken gar nicht, dass ich davon aufgewacht bin.

„Was ist denn los?", frage ich total müde und genervt.

Anna versucht prustend, es mir zu erklären, dabei hängt ihre Brille ganz schief auf ihrer Nase und ich verstehe kein Wort. Wie gerne wäre ich jetzt zu Hause in meinem Bett mit Bärly und Mama nebenan. Auch wenn Mama oft peinlich ist; wenn ich nachts aufwache und nicht schlafen kann, bin ich doch froh, dass sie da ist. Ich versuche wieder einzuschlafen, doch das ist nicht wirklich einfach bei dem lauten Gegacker.

Was ist das für ein Geräusch? Papa? Wer schnarcht da so? Lotte? Krass, wie kann ein Kind so schnarchen? Anna scheint eine echte Piratin zu sein, so laut wie sie schnarcht. Jetzt muss ich laut lachen, ich stelle mir Anna als Ferkel vor. Ich muss noch lauter lachen, da keift Lilli mich an: „Was ist denn so lustig, mitten in der Nacht?" Ich schaue auf die Uhr und antworte: „Sorry, aber es ist schon neun Uhr, und wenn Anna so laut schnarcht, als wäre ich im Schweinestall aufgewacht, kann ich nicht anders, als zu lachen." Wir beide müssen lachen und prusten so laut, dass auch Anna aufwacht und mitlachen muss, obwohl sie gar nicht weiß, warum wir eigentlich so lachen. Jetzt bin ich doch froh, dass ich über Nacht geblieben bin.

Nach unserem Lachanfall gehen wir ins Esszimmer und freuen uns über einen prall gedeckten Frühstückstisch: Annas Vater hat Waffeln gemacht. Wir sitzen am Tisch und essen die frischen, duftenden Waffeln mit Nutella und Erdbeeren. Ich fühle mich wie im Himmel. Mama würde mich niemals Nutella auf Waffeln essen lassen – mal abgesehen davon, dass es bei uns kein Nutella gibt. Anna und Lilli sprechen über die Videos, die sie sich gestern Abend noch angeschaut haben, als ich längst geschlafen habe. Da stupst Lilli Anna an und schaut dabei zu mir.

„Ist was? Habe ich Nutella im Gesicht?", frage ich die beiden irritiert.

„Nein, aber du redest im Schlaf… von Toni", kichert Lilli

und verschluckt sich fast an ihrer Waffel. „Nur nett also ...?",
kichert sie weiter.

Echt jetzt?!! Müssen wir das Gespräch jetzt führen?

„Ja okay, ich finde ihn süß. Aber Anna auch und ich will
nicht, dass das zwischen uns steht", sage ich leise.

Anna dreht sich zu mir: „Keine von uns beiden geht mit
ihm, okay? Ich will auch nicht, dass ein Junge zwischen uns
steht und unsere BFF-Gang zerstört. Abgemacht?"

Ich nicke erleichtert, nun ist es raus. Das ist vielleicht
auch gut so.

Nachdenklich ziehe ich mich an und freue mich, dass
wir die Sache mit Toni geklärt haben. Ein Blick auf mein
Handy sagt mir, dass ich Clara dringend zurückrufen sollte.
Sie hat schon fünfmal versucht, mich zu erreichen.

„Ich muss dann mal nach Hause. Ich habe Mama versprochen, dass ich mich heute um Lotte kümmere", lüge ich.

Ich will nicht, dass die beiden denken, ich will keine Zeit
mit ihnen verbringen. Aber ich muss das endlich mit Clara
klären. Schließlich ist sie meine allerbeste Freundin und
wir haben ewig nicht gesprochen. Das letzte Mal war sie
echt genervt von mir.

„Ich dachte, wir gehen noch ins Einkaufszentrum,
shoppen? Es gibt einen neuen Duschschaum von Bibi",
antwortet Anna erstaunt.

Anna sammelt jeden Duschschaum von Bibi. Sie ist YouTuberin und Anna will später auch eine werden.

„Ich kann leider nicht, geht ihr ohne mich", entgegne ich und bin eigentlich traurig, dass ich nicht mitgehen kann. Aber eine Sache nach der anderen. Ich packe meinen Rucksack, verabschiede mich von den beiden und schnappe mir mein Rad.

Als ich zu Hause ankomme, will Mama erst mal alles wissen, doch ich habe jetzt keine Lust, alles zu erzählen, ich will mit Clara telefonieren. Ich wimmle Mama ab, indem ich ihr verspreche, dass wir später noch zusammen einkaufen gehen. Ich renne die Treppen hoch in mein Zimmer und als ich dort ankomme, liegen lauter Süßigkeiten- und Chipsverpackungen überall verstreut.

MANN, LEO! Ich stopfe die Verpackungen in meinen Mülleimer und schlucke den Ärger herunter. Erst ist Clara dran.

Nachdem ich mein Handy aus dem Rucksack gekramt und mich kurz gesammelt habe, entdecke ich, dass ich eine SMS bekommen habe. Bestimmt von Clara. Puh, sie ist sicher sauer. Ich öffne die SMS:

Bist du in mich verliebt?

Von wem die wohl ist?

Ich antworte: *Wer bist du?*

Ein paar Sekunden später vibriert mein Handy erneut: *Toni.*

Uff, damit habe ich jetzt nicht gerechnet. Was antworte ich nur? Ich vergesse kurz den Ärger mit Clara und fühle, wie sich mein Magen zusammenzieht und sich gleichzeitig eine schöne Wärme in meinem Bauch ausbreitet. Anna und ich haben vereinbart, dass wir beide nicht mit Toni gehen. Also sollte ich mit Nein antworten, oder? Aber das wäre eine Lüge ... Wenn Clara und ich jetzt nicht andere Themen hätten, würde ich sie natürlich um Rat fragen, aber das geht jetzt nicht. Was mache ich bloß? Soll ich Anna anrufen? Hm ... Warum ist das nur so kompliziert? Irgendwie – und ich weiß wirklich nicht, wie es passiert ist – antworte ich: *Ja.* Zwei Buchstaben auf meinem Tastenhandy, einmal die Fünf, einmal die Zwei. Gesendet. Oh nein, was habe ich getan? Ich schwitze. Mist, das wollte ich nicht. Oh nein, was mache ich, wenn er jetzt mit mir gehen will? Ich starre auf mein Handy. Nichts passiert. Keine SMS, kein Anruf. Ich schüttle mein Handy. Ich werde rot ... Leo kommt (natürlich ohne anzuklopfen!!!) in mein Zimmer.

„Lina, hast du mein iPod-Ladekabel gesehen?"

„Nein, aber deinen ganzen Süßigkeiten-Verpackungsmist, den du in mein Zimmer geschmissen hast. Was soll das? Mein Zimmer ist keine Müllhalde!", brülle ich ihn an.

„Dann nicht", antwortet er nur und geht wieder aus meinem Zimmer.

Jetzt bin ich echt wütend. Vier Millionen Wut-Smileys und ebenso viele Bomben-Smileys! Mein bekloppter Bruder mit seinem Kabel und seinem Müll und dieser dämliche Toni, der mir erst so eine Frage stellt und dann nicht mehr antwortet. Ich schmeiße mein Handy in die Ecke und suche Lotte. „Mama, ich gehe mit Lotte raus, ja?"

Meine Mutter schaut mich verwundert an und nickt nur. Sie sieht mir an, dass ich gerade kein Gespräch gebrauchen kann. Ich leine Lotte an und gehe mit ihr in den Wald.

So kurz bin ich jetzt hier und schon stecke ich in so vielen Schwierigkeiten. Der Stress mit Clara, Toni, Anna und Lilli und mein nerviger Bruder. Wir gehen Richtung See. Am Ufer ziehe ich mir die Schuhe aus und streiche mit meinen Zehen durch das Gras. Da leckt Lotte über meine nackten Füße. Sie merkt einfach immer, wenn es mir nicht gut geht.

Langsam geht es mir besser. Es war eine gute Idee, mit Lotte rauszugehen. Es hilft wirklich immer. Wir setzen uns gemeinsam an den See und teilen uns einen Apfel.

Lotte legt ihren Kopf auf meinen Schoß und döst ein. Ich bin dankbar, dass ich sie habe. Sie ist einfach da, kein unnötiges Gespräch, kein Gezanke, wir sind einfach nur zusammen. Das ist schön. Ich habe Durst und wir machen uns auf den Weg nach Hause. Ich glaube, jetzt bin ich bereit für das Gespräch mit Clara. Toni und Anna müssen erst einmal warten.

Kapitel 6
Clara

„Hey, ich bin's", lege ich gleich los, als Clara abnimmt.

„Hey", antwortet sie nur.

Stille.

„Wie geht es dir?", frage ich zögerlich, um die Pause zu beenden.

„Gut." Wieder Stille.

„Du hast angerufen?", versuche ich es wieder.

„Wir waren ja verabredet. Aber du warst leider nicht erreichbar", kommt tonlos von Clara zurück.

Ich merke, dass sie traurig ist, und ich bin es auch. Ich will meine allerbeste Freundin einfach nur bei mir haben.

„Clara?"

„Mh?"

„Ich weiß, das war blöd. Ich bin irgendwie hin- und hergerissen. Ich will mein altes Leben zurück, ich will dich zurück. Ich will wieder neben dir wohnen und alles immer sofort mit dir bequatschen können.

Irgendwie muss ich hier aber zurechtkommen und dazu gehört auch, Freunde zu finden. Auch wenn die nie so toll sein werden wie du. Ich habe Angst, dass du jetzt lieber mit Svenja rumhängst als mit mir und sie lieber magst. Ich will dich nicht verlieren", sprudelt es aus mir heraus.

Ich höre, wie Clara seufzt. „Mir geht es genauso. Ich vermisse dich. Unsere Melonengummibärchen-Sessions. Mit dir zu lachen und dass wir uns nie verstellen müssen, wenn wir zusammen sind. Svenja ist okay, aber sie ist nicht du. Doch ich möchte auch Freundinnen hier haben. Verstehst du?", kommt es mit Autobahngeschwindigkeit von Clara.

„Ja, ich verstehe dich. Besser, als du dir vorstellen kannst", sage ich erleichtert.

„Und? Wie ist es so in Berlin?", fragt Clara, und ich kann richtig hören, wie sie vor lauter Spannung an ihren Haaren rumfummelt. Das macht sie immer, wenn sie aufgeregt ist.

„Na ja, mein Zimmer hier in dem Haus ist so, wie ich es mir immer gewünscht habe, weißt du, mit einer Sitzecke unter meinem Hochbett. Es gibt einen See, der ist nicht weit weg, ich kann zu Fuß durch den Wald hinlaufen. Die Schule ist okay. Schule eben. Unser Lehrer hat eine Tasse, auf der *Bitte nicht stören* steht." Clara fängt an zu kichern.

Jetzt komme ich erst richtig in Fahrt: „Und rate mal, wie unsere Klasse heißt, du lachst dich schlapp: die Labrafanten."

Jetzt fängt Clara laut an zu lachen: „Die Labra-was?"

„Die Labrafanten. Die nennen ihre Klassen hier immer nach Mischungen aus zwei Tieren. Wir sind eine Mischung aus Labradoren und Elefanten. Unsere Nachbarklassen heißen Flederninchen und Schildraffen – also Fledermäuse und Kaninchen und Schildkröten und Giraffen", erzähle ich lachend. Jetzt können wir uns beide gar nicht mehr halten vor Lachen. Immer wieder fängt eine an mit einem der Namen und wieder prusten wir los.

„Flederninchen – wer denkt sich so was aus?", kichert Clara völlig außer Atem.

„Clara?"

„Mh?"

„Alles gut zwischen uns?", frage ich vorsichtig.

„Klar", antwortet meine ewig-beste Freundin, „ich hasse Streit mit dir."

„Ich auch mit dir."

„Liiiiiiiina, Essen!", ruft Mama von unten.

„Musst du los?", fragt Clara, jetzt wieder gut gelaunt.

„Och nö, ich will noch mit dir quatschen. Du musst mir unbedingt von Jule, Islam und Lene erzählen", antworte ich, genervt von der Unterbrechung. „Liiiiiina, los jetzt, die Pizza wird kalt!"

„Echt jetzt?!! Augenverdreh-Smiley", stöhne ich.

„Wir können doch morgen noch mal telefonieren.

Iss ruhig deine Pizza. Ich weiß doch, wie sehr du kalte Pizza hasst", lacht Clara.

„Na gut, jetzt wo alles wieder gut ist zwischen uns, merke ich erst, was ich für einen Hunger habe. Ich habe seit dem Frühstück kaum etwas gegessen – nur einen Apfel mit Lotte. Ich hab dich lieb, Clara. Und vergiss nicht, egal, wen ich hier als Freundin finde, du wirst immer meine allerbeste Freundin sein", antworte ich.

„Und du immer meine. Svenja wird dich nie ersetzen können. Ich hab dich lieb, lass dir deine Pizza schmecken und iss ein Stück für mich mit. Bis morgen", schiebt Clara noch hinterher und legt auf.

Ich lege mein Handy auf mein neues Sofa und hüpfe die Treppe runter in die Küche.

Kapitel 7
Dunja

In der Küche sitzen fremde Leute. Zwei Erwachsene und ein Mädchen, das ungefähr in meinem Alter ist und wunderschöne schwarze Locken hat. Ich bleibe irritiert stehen und stottere: „Hey, hallo, hall-hallöchen."

Mama grinst mich an. „Ich habe unsere Nachbarn am Gartenzaun getroffen und sie zum Pizzaessen eingeladen. Darf ich vorstellen: Dunja und ihre Eltern Abigail und Malik."

Dunja streckt mir die Hand entgegen, ich nehme sie und murmle leise: „Freut mich, ich bin Lina."

Meine Mutter schneidet die Pizza in Stücke, es gibt Champignons, Margherita und Tomate-Mozzarella. Mama hat zwei Bleche gemacht, da hat wohl jemand Hunger, Zwinker-Smiley.

Leo kommt ebenfalls in die Küche: „Was gibt's zu essen?"

„Pizza, siehst du doch", antworte ich und verdrehe die Augen.

„Oh nö, ne? Und keine Hawaii? Wie soll ich satt werden ohne ein ordentliches Stück Fleisch? Ich mache mir 'nen Burger", nörgelt Leo.

Wie peinlich vor den neuen Nachbarn. Dunja fallen fast die Augen aus dem Kopf. Ich muss kichern, als ich ihr Gesicht sehe.

Meine Mutter versucht abzulenken und fragt Dunja: „Und Dunja, wo gehst du zur Schule? Bist du auch auf so einer verrückten Tierkombi-Schule?"

Dunja schaut noch verwirrter als zuvor und traut sich erst mal nicht, zu antworten.

Ich grätsche rein, da es mir immer peinlicher wird: „Also was Mama meint, ist, dass bei uns auf der Schule die Klassen nach Mischungen aus zwei Tieren benannt sind, ich bin in der Labrafantenklasse. Eine Mischung aus Labradoren und Elefanten, das ist irgendwie ganz lustig."

Dunja kichert und antwortet: „Nein, ich bin auf einer internationalen Schule."

„Und was bedeutet das?", frage ich.

Dunjas Mutter springt ein und erklärt: „Dunjas zweite Muttersprache ist Englisch. Ich komme aus England und Dunjas Vater hat dort studiert."

„Genau", sagt Dunja, „zu Hause sprechen wir sowieso eigentlich nur Englisch. In der Schule sprechen wir beides."

Interessant. Scheint ja eine Überfliegerin zu sein, diese Dunja. Eigentlich wollte ich nur Pizza essen. Dunjas Eltern essen ihre Pizza mit Messer und Gabel, während meine Mutter und ich die Pizza schon in der Hand haben und sie in den Mund stecken. Mama hat es auch bemerkt, legt ihr Stück Pizza schnell wieder auf den Teller und beginnt auch mit Besteck zu essen. Ich muss laut lachen. Wenn meine Mutter versucht, jemand zu sein, der sie nicht ist, ist sie immer doppelt komisch.

„Was ist so lustig?", fragt Dunja.

„Ach, nichts", kichere ich und versuche mich zu beherrschen. Dabei rutscht mir ein Riesen-rülps raus, den ich versuche, zusammen mit dem Stück Pizza in meinem Mund wieder runterzuschlucken, wobei ich mich so verschlucke, dass ich keine Luft mehr bekomme. Ich werde knallrot und versuche zu atmen, aber alles, was ich versuche, macht es schlimmer. Oh weh, das war's. Ich verabschiede mich von meinem Leben und bin froh, dass ich mich vor meinem Tod noch mit Clara vertragen habe. Plötzlich packt Dunjas Mutter mich unter den Achseln. Sie macht irgendwas mit ihren Ellenbogen, hebt mich hoch, beugt mich nach vorne und ein Riesenstück Pizza fliegt aus meinem Mund – direkt auf Dunjas Vater. Also um genau zu sein, direkt in sein Gesicht. Er erschreckt sich so, dass er vom Stuhl fällt und direkt nach hinten kippt, wo Lotte sitzt und ihm den Pizzaklumpen direkt aus dem Gesicht leckt. Oh Gott, wie peinlich. Jetzt hat sich die Familie Linden mal wieder von der allerbesten Seite gezeigt. Affe-mit-den-Händen-vor-dem-Gesicht-Smiley.

Dunjas Vater rappelt sich wieder auf und fragt: „Ähm, wo ist denn bei euch das Badezimmer? Also, ich mag Hunde wirklich gern, aber Hundespucke in meinem Gesicht ist nicht gerade das, was ich beim Essen brauche."

„Hundespucke macht aber echt weiche Haut, ich lasse mir von Lotte immer alles anlecken", entgegne ich.

„Lina!", herrscht meine Mutter mich an. „Zeig Malik bitte das Bad. Und reiß dich mal zusammen!"

Jetzt ist meine Mutter hochrot.

„Entschuldigung, sollte witzig gemeint sein. Klar zeige ich Ihnen das Bad, kommen Sie mit", murmle ich.

Abigail lacht: „Mach dir keine Gedanken, Lina. Hauptsache, du atmest wieder."

Ich begleite Dunjas Vater zum Bad, gehe zurück in die Küche und setze mich wieder. Mir ist der Hunger vergangen, so was Peinliches. Warum konnten wir nicht einfach Pizza essen? Musste Mama unbedingt die Nachbarn ohne Vorwarnung einladen?

Dunja isst schweigend – übrigens auch mit Besteck – ihre Pizza Margherita und starrt aus dem Fenster.

Malik kommt zurück und lacht: „Hundespucke scheint wirklich weiche Haut zu machen, mein Gesicht fühlt sich super an. Das kann aber auch an der Kombi mit dem warmen Käse liegen. Das solltest du in Zukunft auch mal probieren, Lina."

Ich bin erleichtert. Er ist also nicht sauer und nimmt es mit Humor. Cooler Dad.

Dunja zappelt auf ihrem Stuhl herum: „Mama, ich muss noch lernen, ich schreibe morgen eine Klassenarbeit. Wäre es okay, wenn ich schon mal rübergehe?"

„Wie schade, ich hatte gehofft, du und Lina, ihr lernt euch mal richtig kennen und spielt noch etwas. Aber natürlich geht die Schule vor", antwortet meine Mutter.

Ich hatte gehofft, ihr lernt euch richtig kennen? Was geht hier ab? Brauche ich jetzt meine Mami, um Freundinnen zu finden?

„Ach Dunja, du bist doch super vorbereitet, bleib doch noch ein bisschen", sagt Dunjas Mutter, während sie ihr die

Hand aufs Knie legt, damit das Bein aufhört zu zappeln.

„Ihr habt ja schon gute Jobs, ich muss das noch hinbekommen. Wenn ich morgen verkacke, geht mein ganzer Schnitt flöten, also lass mich lernen, Mama, okay?!", blafft Dunja, die bis jetzt kaum was gesagt hat, ihre Mutter an. Oh, sie kann sprechen ... Mein erster Eindruck bestätigt sich: eine Überfliegerin UND eine Streberin. Das passt gar nicht zu uns.

„Na dann geh, wenn es dir so wichtig ist", sagt Dunjas Vater verständnisvoll. Dunja nimmt ihren Teller, ihr Besteck und ihr Glas und steht auf: „Wo ist eure Geschirrspülmaschine?"

„Lass stehen, ich mach das", antwortet Mama.

Also auch noch eine Schleimerin, na bravo. Dunja steht immer noch da, mit dem Teller und dem Glas in der Hand. Ihre Mutter nickt ihr zu und sie stellt alles wieder ab. Dunja bedankt sich bei meiner Mutter fürs Essen, dreht sich um und geht. Kein Tschüss, kein Wort zu mir. Oha, das ist auch eine Aussage.

Dunjas Mutter zuckt mit den Schultern: „Dunja will immer die Beste sein, um später einen guten Job zu bekommen. Sie wurde so oft auf ihre Wurzeln reduziert und erlaubt sich manchmal selbst nicht, ein Kind zu sein. Ich wünschte, sie würde mal einfach nur spielen."

„Was meinen Sie mit Wurzeln?", frage ich Dunjas Mutter, ohne lange nachzudenken.

„Na ja, Dunjas Vater kommt aus der Türkei, ich aus England, dazu hat sie noch dunklere Haut. Auf ihrer jetzigen Schule kommen die Kinder von überall her, da ist das kein Thema mehr. Aber sie ist trotzdem noch der Meinung, dass sie mehr leisten muss als hellhäutige Menschen. Ich hatte gehofft, sie würde mit dir mal wieder Kind sein, nachdem ich dich so toll im Garten spielen gesehen habe, Lina."

Wow, was Kinder in meinem Alter schon alles erlebt haben und wie sich das auswirkt. Darüber habe ich mir noch nie Gedanken gemacht. Jetzt tut es mir leid, dass ich so über Dunja gedacht habe, von wegen Streberin und so.

„Wir können gerne mal spielen, wenn Dunja mag. Ich freue mich immer über neue Freundinnen, vor allem, wenn sie direkt in der Nachbarschaft wohnen", sage ich zu Dunjas Mutter.

„Jetzt, wo wir quasi schon Spucke-Freundschaft geschlossen haben, steht dem ja nichts mehr im Wege", lacht Dunjas Vater.

Kapitel 8
Drei sind eine(r) zu viel

Als ich vor der Schule mein Fahrrad abschließe, sehe ich schon, dass Anna und Lilli auf mich warten. Die beiden rennen kichernd auf mich zu.

„Und? Hast du was von Toni gehört?", quatscht Anna direkt los und schiebt ihre Brille zurück auf die Nase.

„Quasi ...", versuche ich mich aus dem Schlamassel, in das mich zwei Buchstaben gebracht haben, herauszuwinden.

„Was heißt quasi?", fragt Lilli. „Hat er dir auch geschrieben? Er hatte mich nämlich nach deiner Nummer gefragt."

„Also von dir hat er meine Nummer? Du hättest mich auch fragen können", ärgere ich mich und versuche gleichzeitig damit abzulenken. Lilli lässt nicht locker: „Hat er dir nun geschrieben oder nicht?"

„Mh, ja kurz, aber ich wusste erst nicht, wer es ist. Warum? Hat er sich bei dir auch gemeldet?", antworte ich langsam.

„Bei Anna hat er sich auch gemeldet", kichert Lilli geheimnisvoll.

Anna verdreht die Augen und dreht sich weg. Offensichtlich will sie genauso wenig darüber reden wie ich. Es klingelt. Ich schnappe mir meinen Rucksack, laufe los und rufe: „Los, wir wollen doch nicht zu spät kommen, heute werden die Projekte verteilt und ich will nicht das, das übrig bleibt!"

Die beiden rennen hinter mir her und ich bin froh, das Thema erst einmal verschoben zu haben. In unserem ersten Block, in dem die Projekte verteilt werden, versuche ich Toni nicht anzuschauen, auch wenn er sich regelmäßig zu mir dreht, um Augenkontakt zu bekommen. Er grinst wie ein Honigkuchenpferd. Das hat mir gerade noch gefehlt.

„Ihr schließt euch zu Vierergruppen zusammen. Ich hänge die Themen an die Tafel und dann machen wir ein Quiz. Immer diejenigen, die eine Frage zuerst beantworten können, dürfen sich ein Thema aussuchen", erklärt Herr Hummer.

Herr Hummer ist unser zweiter Klassenlehrer, er macht aus allem immer ein Riesending. Bei Herrn Schotter hätten wir uns die Themen sicher einfach aussuchen dürfen. Na ja. Lilli, Anna und ich sind uns sofort einig, dass wir das Projekt zusammen machen wollen, und schauen uns die Themen an: Upcycling, Klimaschutz, vom Aussterben bedrohte Tiere, Wasser, Lebensmittel und Energie. Uns ist schnell klar, wir wollen Upcycling als Thema für unser Projekt.

Plötzlich steht Toni neben uns und grinst uns an: „Kann ich bei euch mitmachen? Ich finde Upcycling auch cool."

Ich verschlucke mich an meiner eigenen Spucke und muss husten.

Lilli klopft mir auf den Rücken und ehe ich etwas sagen kann, antwortet Anna: „Ja, klar!"

Echt jetzt?!! Da haben wir den Salat. Riesiger Affe-mit-Händen-vor-dem-ROTEN-Gesicht-Smiley. Als ich endlich wieder atmen kann, stellt Herr Hummer schon die erste Frage, die Toni direkt richtig beant-wortet, womit er uns das Upcycling-Projekt sichert. Na toll, jetzt führt kein Weg mehr daran vorbei, dass er bei uns mitmacht. Das wird sicher eine richtig gute Woche. Ich fühle jetzt schon, wie die Freude in mir auf-steigt – NICHT!

Nachdem die Projekte verteilt worden sind, ist Pause. Lilli hakt sich bei Anna und mir unter und zieht uns auf den Schulhof, direkt in die Ecke hinter den Mülltonnen.

„So, ihr beiden", eröffnet sie das Gespräch und streicht

ihre blonden Locken aus ihrem Gesicht. „Was machen wir jetzt mit Toni?"

„Nichts machen wir mit Toni. Wir haben das doch gestern geklärt, keine von uns geht mit ihm, Ende der Geschichte", antworte ich.

Anna guckt irgendwie komisch zur Seite. Ob sie es doch anders sieht? In dem Moment kommt Martha aus unserer Klasse und fragt: „Hey, wollt ihr mit uns Gummi hüpfen? Uns fehlen noch welche, damit wir zu zweit hüfen können."

„Klar", antworte ich, drehe mich von Anna und Lilli weg und laufe einfach mit Martha los, um Gummi zu hüpfen. Puh, da bin ich noch mal aus der Situation rausgekommen. Aber ewig kann ich dem Thema wohl nicht aus dem Weg gehen. Wobei ich auf der anderen Seite schon finde, dass man nicht alles immer wieder bereden muss.

Da Toni in unserem Projekt ist, schaffe ich es auch in den restlichen Stunden, das Gespräch nicht führen zu müssen. Nach der Schule eile ich direkt nach Hause mit der Begründung, dass ich mich um Lotte kümmern muss.

Zu Hause angekommen, überlege ich, ob ich Clara doch noch mal dazu befragen soll. Offensichtlich wollen Lilli und Anna ja ein Thema draus machen. Als ich das Telefon suche, klingelt mein Handy. Lilli. Ich lasse es klingeln und rufe Clara vom Festnetz aus an.

„Plenken", es ist Claras Mum.

„Hallo, hier ist Lina, ist Clara da?"

„Nein, sie ist beim Zahnarzt. Soll sie dich zurückrufen?"

„Ja, das wäre schön", sage ich und lege auf.

Huch, ich habe ganz vergessen, Tschüss zu sagen. Da merke ich erst mal, wie sehr ich durch den Wind bin... Da klingelt mein Handy wieder. Es ist schon wieder Lilli. Ich beschließe, erst mal etwas zu essen und sie später zurückzurufen. Als ich in die Küche komme, steht Mama schon am Herd und kocht Spaghetti.

„Was gibt es dazu?", frage ich.

„Ich wollte Pesto machen. Kannst du mir ungefähr fünfzig Basilikumblätter aus dem Hochbeet holen?", antwortet Mama.

„Echt jetzt?!! Ich bin schon so kaputt von der Schule ...", versuche ich aus der Nummer rauszukommen.

„Dann gibt es eben Spaghetti mit Ketchup", sagt Mama gleichgültig.

„Okay, okay, ich gehe ja schon. Wo soll ich sie reintun?", gebe ich nach, und Mama gibt mir eine Schüssel.

Nachdem ich eine riesige Portion Spaghetti mit Pesto verdrückt habe, gehe ich eine Runde mit Lotte raus. Ich habe uns einen Apfel eingepackt und bespreche das Toni-Thema noch mal mit Lotte. Das Gute an ihr ist, sie ist immer meiner Meinung. Na ja, ehrlich gesagt guckt sie einfach nur süß, und das nehme ich als ein Ja. Genau das habe ich gebraucht. Auf dem Rückweg treffe ich Dunja, die auch gerade nach Hause kommt.

„Hey", sage ich.

Sie antwortet: „Hey."

Ich scharre mit den Füßen, unsicher, was ich sagen soll. Sie senkt den Kopf, um mich nicht anschauen zu müssen. Egal, ich frage sie trotzdem, ob wir uns am Wochenende mal treffen wollen. Schließlich wohnt sie direkt neben mir, und ehrlich gesagt glaube ich, dass ich am Wochenende mal eine Pause von Anna und Lilli brauche. Oh mein Gott, das sage ich an einem Montag.

„Wollen wir am Wochenende was zusammen machen?", frage ich.

Dunja lächelt mich an. „Gerne."

„Ich klingle einfach bei dir, okay?"

„Okay", antwortet Dunja und schließt ihr Tor auf.

Sie dreht sich noch mal um und lächelt mich an. Sie scheint doch ganz nett zu sein. Lotte und ich gehen nach Hause und ich schnappe mir mein Handy. So, jetzt rufe ich Lilli zurück.

„Du hast angerufen", lege ich direkt los, als Lilli abnimmt.

„Ja, ich habe Toni angerufen und gefragt, in wen er ist", platzt Lilli direkt heraus ... Schweigen.

„In wen er ist?", frage ich langsam und kann es kaum fassen.

„Ja, in wen er verliebt ist. Ich dachte, ich kläre das jetzt mal. Damit wir alle Klarheit haben", antwortet Lilli fröhlich.

Echt jetzt?!! Ich kann nur hoffen, dass ich das jetzt träume.

„Er sagte, er sei in Anna verliebt. Dann habe ich ihn gefragt, ob er nicht mit ihr gehen will. Er sagte Ja, er will, und Anna will auch. Also sind sie jetzt zusammen. Cool, oder?"

Ich lege einfach auf. Ich kann das nicht fassen. Hat sie das echt getan? Sich einfach eingemischt, obwohl Anna und ich eine Abmachung hatten?

Ich rufe Clara an.

„Hallo?"

Gott sei Dank, es ist Clara. „Ich muss unbedingt mit dir

sprechen. Du glaubst nicht, was hier gerade los ist. Ich muss unbedingt mit einem NORMALEN Menschen sprechen. Ich glaube, ich sterbe."

„Jetzt mal langsam", versucht Clara mich zu beruhigen. „Setz dich mal auf den Boden, atme dreimal tief ein und aus, iss mindestens drei Melonengummibärchen und dann langsam und ganz von vorne."

Ich tue, was Clara sagt, und bin froh, dass sie mich an Melonengummibärchen erinnert hat, die helfen einfach immer. Ich erzähle alles noch mal von Anfang an, wie ich Anna und Lilli, die zerstritten waren, wieder zusammengebracht habe, wie ich Toni kennengelernt habe, wie mir der Stift unter den Tisch gerollt ist, dass Anna immer die Reels von Toni guckt – dabei erkläre ich gleich noch, was Reels sind. Und dann erzähle ich ihr von Tonis SMS, auf die ich dummerweise mit Ja geantwortet habe. Und von dem unfassbaren Anruf von Lilli.

„Wow, was für eine Geschichte. Man könnte meinen, du bist schon ewig weg. So eine blöde Kuh! Warum mischt die sich ein? Was hat sie davon? Bist du sicher, dass ihr so was wie Freundinnen seid?"

Ganz schön viele Fragen auf einmal. Ob wir Freundinnen sind, weiß ich ehrlich gesagt jetzt nicht mehr so genau.

„Also ich dachte, wir sind Freundinnen, und eigentlich hatten wir ja eine Abmachung. Das Schlimmste ist für mich

nicht, dass Anna jetzt mit Toni zusammen ist, sondern dass er weiß, dass ich auch auf ihn stehe. Dass es alle wissen. Wie stehe ich denn jetzt da? Will Lilli Anna vielleicht für sich alleine haben? Dabei bin ich doch diejenige, durch die sie Freundinnen geworden sind. Ich verstehe einfach nicht, wie man so gemein sein kann ..." Ich fange an zu weinen. Ich bin so unfassbar sauer. „Tausend Bomben-Smileys", schluchze ich.

„Bist du denn sicher, dass Anna jetzt mit Toni zusammen ist? Oder hast du vielleicht etwas falsch verstanden?", fragt Clara und ich fühle ihr Mitgefühl. Ich weiß genau, wäre sie jetzt da, würde sie mich in den Arm nehmen und gemeinsam mit mir alle Melonengummibärchen aufessen, bis wir nur noch rülpsen und lachen müssten. Sch*** Berlin, blöde Lilli, noch blöderer Toni!

„Ich weiß es nur von Lilli", murmle ich leise.

„Dann ruf doch jetzt mal Anna an und frag sie selbst. Ich warte hier neben dem Telefon, danach rufst du mich wieder an, okay?", schlägt Clara vor.

Sie ist einfach die Beste. „Okay. Aber erst wasche ich mein Gesicht und versuche wieder klarzukommen. Du bist erreichbar, ja?"

„Ja, versprochen. Ich nehme das Telefon sogar mit aufs Klo, bis du angerufen hast."

Ich muss lachen, danke meiner allerbesten Freundin und lege auf.

Manchmal habe ich wahnsinnige Angst vor einem Gespräch. Aber danach bin ich immer erleichtert, dass ich all meinen Mut zusammengenommen habe, weil dann alles wieder gut ist.

Ich hoffe, dass das Gespräch mit Anna genauso laufen wird. Clara hat mir Mut gemacht.

Nachdem ich mein Gesicht gewaschen, ein Glas Wasser getrunken und noch ein paar mehr Mutmach-Melonengummibärchen gegessen habe, rufe ich Anna an. Sie geht nicht ran. Ich schreibe ihr eine SMS: *Ruf mal an, wenn du Zeit hast. LG Lina.*

Ich beschließe, mich mit Lotte abzulenken, und gehe noch mal mit ihr raus. Es nieselt ein bisschen, das passt ja genau zu meiner Laune. Egal, Lotte und ich haben trotzdem Spaß. Wir sind ganz schön lange draußen und es ist fast dunkel, als wir zu Hause ankommen.

„Mensch Lina, ich habe mir Sorgen gemacht. Nimm doch mal dein Handy mit oder sag Bescheid, wenn du weggehst."

„Entschuldige bitte, habe ich vergessen", murmle ich und streife Schuhe und Jacke ab.

„Alles okay bei dir?", fragt Mama.

„Ja, alles okay", versuche ich sie zu beschwichtigen. Ich habe wirklich keine Lust, mit ihr über die Toni-Sache zu sprechen.

„Es gibt gleich Abendbrot, kannst du den Tisch decken?", fragt Mama.

Mann, man kann aber auch nie einfach mal seine Ruhe haben.

„Okay, ich wasche mir noch schnell die Hände."

Nach dem Essen merke ich, wie müde ich bin. Ob ich Anna noch mal anrufe oder lieber gleich ins Bett gehe? Mh, Clara wartet noch auf meinen Anruf. Ich denke, ich kläre das heute doch noch mit Anna. Als ich in mein Zimmer komme und auf mein Handy schaue, sehe ich elf Anrufe in Abwesenheit. Fünf von Anna, sechs von Clara. Auweia.

Ich rufe zuerst Anna an: „Hey", sage ich, als sie abnimmt.

„Hey", antwortet sie nur. Sie wartet also, dass ich anfange.

Gut, kann sie haben. „Sag mal, stimmt es, was Lilli sagt? Bist du jetzt mit Toni zusammen?", frage ich sie und merke, dass man die Wut in meiner Stimme hört.

„Ja, irgendwie schon", antwortet Anna leise.

„Was heißt irgendwie schon? Seid ihr nun zusammen oder nicht?", frage ich noch wütender.

„Ja, sind wir", antwortet Anna noch leiser.

„Hatten wir nicht eine Abmachung?", frage ich sie und merke, dass meine Stimme immer höher wird.

„Ja, schon. Aber Lilli meinte, es wäre doch Quatsch, wenn Toni auch in mich ist und wir deinetwegen nicht zusammen sein können. Also hat sie ihn angerufen, um herauszufinden, ob er mit mir zusammen sein will. Und er hat Ja gesagt", versucht Anna die Situation zu erklären.

„Ich verstehe ehrlich gesagt nicht, warum sich Lilli überhaupt einmischt. Ich verstehe auch nicht, warum du mit ihm zusammen bist. Ich dachte, wir sind Freundinnen. Na ja, egal. Ich muss jetzt auflegen."

Ich lege auf, ohne abzuwarten, was Anna noch sagen will. Ich trommle mit den Fäusten auf meinen neuen Sessel und rufe Clara an.

Sie geht sofort ran: „Mensch Lina, ich hab mir solche Sorgen gemacht. Alles okay bei dir?"

Und da laufen plötzlich meine Tränen und ich kann gar nicht mehr aufhören zu weinen. Ich versuche Clara schluchzend alles zu erzählen, aber ich verschlucke mich dauernd.

Als ich endlich fertig bin, sagt Clara: „Es tut mir so, so leid, Lina. Ich weiß, es ist schwer, neue Freundinnen zu finden. Und du bist auch noch in einer neuen Stadt. Ich bin immer und immer für dich da. Okay? Vielleicht kannst du ja am Wochenende zu mir kommen oder ich zu dir? Ich frage gleich mal Mama."

„Ja, das wäre schön", flüstere ich ganz erschöpft. Da höre ich, wie Mama leise an meine Tür klopft. „Du, Clara, ich glaube, ich muss jetzt auflegen. Mama kommt gerade rein."

„Kein Problem, ruf einfach an, wenn du noch mal reden magst. Ich bin für dich da. Immer. Okay?"

„Ja, okay. Danke. Du bist einfach die Allerallerbeste. Tausend Herz-Kuss-Smileys für dich."

„Für dich auch", erwidert Clara und wir legen auf.

„Komm rein", sage ich und lege das Handy zur Seite.

„Alles in Ordnung bei dir, mein Schatz? Du bist heute so verschlossen und siehst aus, als hättest du ganz schön geweint …"

„Ach Mama, ich will wieder zurück nach Hamburg. Ich hasse Berlin. Ich vermisse Clara, unser Haus, mein altes Leben. Ich will nie wieder in die Schule, in diese blöde Labrafantenklasse, mit diesen blöden Zicken und dem Lehrer mit seiner *Bitte nicht stören*-Tasse."

Mama setzt sich zu mir auf den Boden, zieht mich auf ihren Schoß und nimmt mich ganz fest in den Arm. Sie wiegt mich, wie sie es früher immer gemacht hat, immer hin und her. Da fange ich wieder an zu weinen und kann mich gar nicht mehr beruhigen.

Mama bleibt ganz still und flüstert nur leise: „Lass alles raus, ich bin da." Nach gefühlten Stunden, weinend auf Mamas Schoß auf dem Boden in meinem Zimmer, fühle ich mich wieder besser.

Sie streicht mir über den Kopf, küsst meine letzten Tränen weg und sagt: „Egal, was es ist, mein Schatz, ich bin immer für dich da und ich habe dich immer lieb."

Da erzähle ich ihr doch alles. Ich lasse nichts aus, nicht mal, wie blöd ich mich ohne Touchhandy bei der Übernachtung gefühlt habe und dass wir abends alleine waren, dass ich Angst hatte und am liebsten nach Hause gegangen wäre. Ich erzähle ihr, wie sehr ich mir Freundinnen wünsche und dass ich geglaubt hatte, ich hätte mit Anna und Lilli welche gefunden. Und vor allem, dass ich morgen nicht in die Schule will, weil wir die ganze Woche zu viert dieses dämliche Projekt machen müssen.

Mama erlaubt mir zwar nicht, die Schule zu schwänzen, doch sie verspricht mir, dass wir an einem der nächsten Wochenenden nach Hamburg fahren und nach der Schule Melonengummibärchen kaufen gehen.

Kapitel 9
Eiszeit

Als ich am nächsten Tag in die Schule gehe, habe ich mir schon genau überlegt, wie ich aus der Upcycling-Gruppe aussteige. In der Energie-Gruppe sind nur drei Mädchen, unter anderem Martha, die sich auch schon mit mir verabreden wollte. Ich werde also versuchen, die Gruppe zu wechseln. Die ganze Woche mit den dreien, das schaffe ich einfach nicht.

Ich gehe direkt zu Martha und frage sie, ob es okay wäre, wenn ich zu ihnen in die Gruppe komme. Sie schaut mich verdutzt an und holt noch Fine (eigentlich Josefine) und Selma dazu. Alle sagen Ja, denn so können sie zusätzlich zu Atom-, Solar- und Windkraft auch noch Wasserkraft machen, die ich dann übernehmen soll. Sie wollen Energie als Oberthema gemeinsam machen, und jede vertieft noch mal eine Energiequelle. Das ist super für mich, da kann

Mama mir bestimmt helfen. Ich bin erleichtert, setze mich zu den dreien und achte darauf, dass ich mit dem Rücken zu Lilli, Anna und Toni sitze. Auch wenn es vielleicht kindisch wirken mag, ich KANN EINFACH NICHT die ganze Woche mit denen an einem Projekt arbeiten. Hoffentlich klingelt es bald. Plötzlich steht Lilli neben mir, die ihre blonden Locken heute zu einem Dutt hochgebunden hat.

„Warum sitzt du hier? Wir arbeiten doch heute wieder an unserem Projekt", fragt sie, als ob nichts gewesen wäre.

Ich könnte ihr ins Gesicht spucken. Aber ich entscheide mich ebenfalls, so zu tun, als wäre nichts: „Ich finde das Thema Energie doch viel spannender und die Mädels hier hatten noch einen Platz frei, daher habe ich getauscht. Das macht euch doch nichts, oder?", sage ich so cool, wie ich es mir selbst nie zugetraut hätte.

„Aha, okay. Dann sage ich den anderen Bescheid", antwortet Lilli verwirrt, dreht sich um und geht zu ihrem Platz.

Endlich klingelt es.

Heute ist Herr Schotter endlich wieder da, und als ich ihm sage, dass ich die Gruppe wechsle, nickt er nur und bittet mich, mich umzutragen. Man muss Herrn Schotter einfach mögen, er ist so nett. Das Gute an dem Projekt ist, dass ich so auch die Pausen mit Martha, Fine und Selma verbringe.

Wir spielen Fangen auf dem Klettergerüst, das macht echt Spaß, und die drei sind wirklich nett. Ich bin froh, dass keine fragt, was mit Lilli und Anna ist. Ich sehe die beiden auf dem Pausenhof – ohne Toni. Sie sitzen einfach nur rum und quatschen. Na ja, egal. Der BFF-Club ist erst mal Geschichte. Mir war sowieso nicht wohl bei der Sache.

Als ich nach Hause komme, liegt Papa auf der Couch und schnarcht. Ich muss lachen. Papa kann wirklich immer und überall schlafen. Auf seinem Bauch liegen noch Kekskrümel. Ich streiche sie sanft weg, damit Mama nicht mit ihm schimpft, weil er schon wieder Kekse vor dem Mittagessen gegessen hat. Warum ist Papa eigentlich schon zu Hause? Es ist doch erst halb zwei. In der Projektwoche haben wir nur bis 13 Uhr Schule statt bis 16 Uhr. Darüber bin ich gerade echt froh, jetzt wo zwischen Lilli, Anna und mir Eiszeit herrscht. Anna und Lilli haben beide versucht mit mir zu reden, aber ich bin noch nicht so weit. Ich fühle mich verraten und verkauft, oder wie Mama das immer sagt. Papa dreht sich um, ob er wach ist? Dann könnte er endlich die Garderobe in meinem Zimmer aufhängen. „Papa?"

Nichts. Mh, ich schaue mal, wo Mama ist. Vielleicht hat sie daran gedacht, dass ich früher Schluss habe, und hat was gekocht. In der Küche herrscht das reinste Chaos, Mama steht in ihrer Schürze gebeugt über etlichen

Schüsseln, Gläsern, Gewürzen und Zetteln. Sie flucht.

„Mama, alles klar?", frage ich sie.

„Nein, alles Mist. Ich muss das Aufstrich-Kapitel noch fertig machen, und das hier ist alles Mist. Nichts gelingt mir heute!"

Oha, wieder mal Abgabestress. Da frage ich lieber nicht nach Mittagessen. „Wäre es okay, wenn ich mir ein paar Pfannkuchen mache?"

„Oje, ich habe ganz vergessen zu kochen, tut mir leid, mein Schatz. Komm, wir räumen das Zeug hier schnell weg und machen gemeinsam etwas. Ja? Das wird mich ablenken. Was hättest du denn gerne?", fragt sie offensichtlich erleichtert und beginnt, die Küche aufzuräumen. Die ganzen angefangenen Gläser stellt sie dabei einfach in den Backofen. So kann man das also auch machen.

„Mh, wir hatten schon lange keinen Milchreis mehr …", versuche ich mein Glück.

„Milchreis ist Nachtisch. Hattest du denn schon Mittagessen? Was hältst du von selbst gemachten Burgern mit Süßkartoffelpommes und Salat? Da freuen sich bestimmt auch die Jungs. Papa war heute beim Zahnarzt und ist ganz platt", schlägt Mama vor.

„Kannst du denn für mich vegane Patties machen? Du weißt doch, dass ich kein Hackfleisch mag …", frage ich Mama vorsichtig.

Ich will sie nicht noch mehr stressen, aber ehrlich gesagt mag ich weder das Fleisch auf den Burgern noch Süßkartoffelpommes. Ich verstehe den Hype nicht. Warum essen wir nicht wie alle Menschen normale Pommes?

„Klar, kann ich machen. Ich habe noch Bohnen von dem Bohnenmus übrig. Dann musst du mir aber helfen, ja?", antwortet Mama.

„Gerne. Ich wasche nur schnell meine Hände und ziehe mir eine Schürze an."

Mama macht sogar noch richtige Pommes für mich. Und als Leo nach Hause kommt, ist das Essen fast fertig. Mama hatte recht, er freut sich riesig, und auch Papa lässt sich für ein paar Burger wecken. Es ist fast wie früher, wir essen mitten unter der Woche gemeinsam Mittag – herrlich. Und sogar Leo ist echt nett und lustig, wie früher. Wir sind fast fertig mit dem Essen, da fragt Mama plötzlich: „Und, Lina, hast du dich wieder mit deinen Freundinnen vertragen?"

Mein Magen krampft sich zusammen. Muss sie das Thema ausgerechnet jetzt ansprechen, wo wir gerade so schön zusammensitzen und alle gute Laune haben?

„Mh, nö", antworte ich kurz angebunden.

„Ach Lina, ich verstehe deinen Ärger, aber sich wegen eines Jungen zu streiten ist doch Quatsch in deinem Alter. Ihr solltet euch wieder vertragen", redet Mama weiter.

„Streit wegen einem Jungen?", lacht Leo. „Jetzt wird es spannend ..."

„Das heißt: wegen eines Jungen", korrigiert Papa ihn grinsend.

Leo schaut Papa genervt an und dreht sich dann neugierig zu mir. Ich werde rot und funkle Mama an, die merkt, dass es mir wirklich unangenehm ist.

„Will jemand Nachtisch?", versucht sie abzulenken.

„Was ist mit dem Jungen?", fragt Papa.

Echt jetzt?!! Er auch noch? Papa merkt echt nie, wann es Zeit ist, die Klappe zu halten. Okay – den Mund zu halten.

„Papa, ich will nicht darüber reden", versuche ich ihn zu stoppen.

„Wenn ich jemanden für dich verprügeln soll, sag nur Bescheid. Dein starker Papa kommt und beschützt dich", brummt er laut und versucht auszusehen wie ein gefährlicher Bär.

Wir müssen lachen.

„Papa, lass mal, mit den kleinen Jungs werde ich auch fertig. Ich hole dich morgen von der Schule ab, Lina, dann zeigst du mir den A****", sagt Leo direkt.

Wie lieb, das hat er schon so lange nicht mehr gemacht – mich beschützt. Jetzt kommen mir die Tränen. Er kann soo lieb sein.

„Ach Quatsch, halb so schlimm, ich komm schon klar.

Aber danke, Papa Bär und Bruder Löwe", beschwichtige ich die beiden.

Als Mama den Apfelcrumble auf den Tisch stellt, erzähle ich nach mehreren Nachfragen doch allen, was passiert ist.

„So fies können nur Mädchen sein", kommentiert Leo die Geschichte. „Jungs würden so etwas nie machen."

Vielleicht hat er recht. Bei Leos Freunden gab es vielleicht mal einen kurzen Streit, aber immer nur kurz, dann war alles wieder gut.

Kapitel 10
Leo

Am dritten Projekttag herrscht immer noch Eiszeit zwischen Anna, Lilli und mir. Die beiden sind ein Herz und eine Seele, auch wenn sie immer wieder zu mir rübergucken. Das Seltsame ist, dass ich Toni nie außerhalb des Projekts mit Anna sehe. Ich dachte, die beiden sind jetzt zusammen...? Wirklich merkwürdig. Kurz vor Schulschluss wandert ein Zettel über die Tische zu mir: *Wollen wir uns wieder vertragen? Es tut mir leid. LG Anna*

Ich will mich einerseits vertragen, andererseits bin ich immer noch wütend und verletzt. Wütend auf Lilli, dass sie sich eingemischt hat, und wütend auf Anna, dass sie unsere Abmachung nicht eingehalten hat. Auf der anderen Seite war es echt lustig mit den beiden. Und auch wenn ich mit Martha, Selma und Fine jetzt nicht allein bin, so richtig warm werde ich mit denen nicht. Man merkt einfach, dass die drei schon seit dem Kindergarten beste Freundinnen sind.

Ich fühle mich da immer wie das fünfte Rad am Wagen. Trotzdem, so einfach kann ich nicht klein beigeben.

Als ich aus der Schule komme, steht überraschend Leo da.

„Ich hatte früher Schluss und dachte, ich schau mir den Typen mal an", begrüßt er mich.

Oh Gott, wie peinlich. *Echt jetzt?!!*

„Ich weiß nicht, ob er noch da ist", stottere ich.

Doch da kommt Toni mit seinem Skateboard unter dem Arm aus der Schule – direkt auf uns zu. „Ciao, Beauty", verabschiedet er sich und springt auf sein Board.

„Finger weg von meiner Schwester, du Idiot, sonst kannst du was erleben", ruft Leo ihm hinterher.

Ich muss lachen. Irgendwie erscheint alles jetzt nicht mehr so schlimm, und was ich an Toni fand, weiß ich plötzlich gar nicht mehr. Er ist so ein Angeber. Und warum redet er so mit mir, obwohl er mit Anna zusammen ist? Ich öffne das Schloss an meinem Fahrrad und will gerade los, da steht Anna neben mir, ihre zu große Brille mal wieder auf halb acht.

„Können wir reden?", fragt sie leise.

„Ich habe nichts zu reden. Rede doch mit Toni oder Lilli", versuche ich sie abzuwimmeln.

„Es tut mir leid, Lina. Ich dachte nicht, dass es dich so

verletzt. Und Lilli hat gesagt ..."

„So? Lilli hat gesagt? Was hat sie denn dieses Mal gesagt?", ich merke, dass ich immer noch superwütend bin.

„Egal, auf jeden Fall hat Toni heute Schluss gemacht. Und da dachte ich, wir könnten wieder Freundinnen sein", versucht sie es weiter.

Echt jetzt?!!

Auch Leo steht inzwischen bei uns und schaut mich fragend an.

„Leo, Anna, Anna, Leo", stelle ich die beiden vor.

„Du bist also die Freundin, die Lina den Typen ausgespannt hat?", fragt Leo.

„Ausgespannt kann man das nicht nennen, Leo, wir waren ja nie zusammen", versuche ich ihn zu beruhigen, bevor er jetzt auf Anna losgeht.

„Du bist also Linas Bruder? Und mit Toni bin ich nicht mehr zusammen. Er hat Schluss gemacht", antwortet Anna und schiebt ihre Brille trotzig die Nase hoch.

„Na dann", antwortet Leo nur, „wollen wir los, Lina? Ich habe wirklich Megahunger."

„Klar. Tschüss, Anna. Wir können ja morgen reden", sage ich erleichtert und schiebe mein Fahrrad Richtung Zuhause.

„Wir können ja auch später telefonieren!", ruft Anna mir hinterher.

Aber ich tue so, als hätte ich es nicht gehört.

Sie sind also nicht mehr zusammen …

„Und, kleine Schwester, alles okay?", fragt Leo.

Er kann einfach so lieb sein, wenn er will. Wenn die Pubertät ihn nicht vollkommen im Griff hat.

„Alles gut, danke, Leo", antworte ich und bin echt froh, dass ich ihn habe.

Zu Hause herrscht das absolute Chaos. Lotte hat Mamas Wollschublade aufbekommen und die ganze Wolle im Wohnzimmer verteilt, na ja eher verknotet und verteilt. Auweia, wenn das Mama sieht.

„Mama?", rufe ich. „Mama!!!!"

Niemand antwortet. Wo sie wohl ist? Auf dem Tisch liegt ein Zettel: *Mussten spontan in den Verlag. Bitte entschuldigt. Essen ist im Ofen, lasst es euch schmecken. Kuss, Mama.*

Daher ist Lotte also so ausgeflippt. Sie hasst es, alleine zu Hause zu sein. Ich versuche das Chaos zu beseitigen und schaue, was im Ofen steht. Lasagne und Kartoffelgratin.

Mmh ... lecker. Wie lieb, dass Mama extra für mich Kartoffelgratin gemacht hat, wo sie genau weiß, dass ich kein Hackfleisch mag.

„Leo, kommst du essen? Mama hat Lasagne gemacht!" Leo kommt runter und setzt sich einfach an den Tisch. Er legt den Kopf auf den Tisch und wartet.

„Leo? Alles klar bei dir? Hilfst du mir mal?", frage ich ihn genervt.

Leo ist echt ein Faulpelz, mit Helfen hat er es, seit er in der Pubertät ist, wirklich gar nicht mehr.

„Mein Tag war so anstrengend, kannst du das nicht machen? Ich bin wirklich sooo müde", antwortet er, ohne sich zu bewegen.

Da er heute so lieb zu mir war, schlucke ich meinen Ärger runter und decke den Tisch für uns beide. Wir essen schweigend und starren in den Garten.

„Ist das Wasser frisch?", fragt Leo plötzlich.

„Weiß nicht", antworte ich gleichgültig.

„Aber du hast doch den Tisch gedeckt."

„Echt jetzt?!! Leo, ich habe allein den Tisch gedeckt, die Karaffe stand schon auf dem Tisch. Wenn du sichergehen willst, hol dir frisches Wasser!", blaffe ich ihn an.

„Nicht mal den Tisch kannst du richtig decken!", meckert er mich an, springt auf, holt sich ein Glas Wasser, nimmt seinen Teller und verschwindet in sein Zimmer.

Es bringt mich immer wieder total aus der Fassung, wenn er plötzlich so einen Pubertätsanfall bekommt. Mama sagt immer, er meint es nicht so, sein Gehirn wird umgebaut. Aber ich finde, man kann sich so nicht benehmen. So ein Idiot! Plötzlich klingelt es. Ich hoffe, dass Leo an die Tür geht. Aber es klingelt wieder, hat Mama etwa ihren Schlüssel vergessen? Ich lege meine Gabel auf den Teller und gehe an die Tür. Es ist Dunja.

„Ich habe meinen Schlüssel vergessen und es ist niemand zu Hause. Kann ich vielleicht bei dir auf Mama warten?", fragt sie zögerlich.

„Klar, komm rein. Hast du Hunger?", antworte ich und lasse Dunja rein. Sie stellt ihren Rucksack ab und nickt schüchtern.

„Na komm, es gibt Lasagne oder Kartoffelgratin. Ist noch warm, ich bin auch gerade beim Essen."

Ich hole noch einen Teller und Besteck für Dunja und wir essen gemeinsam eine Riesenportion. Danach hilft sie mir, alles wieder wegzuräumen, und wir nehmen uns noch ein Eis.

„Wollen wir aufs Trampolin?", frage ich sie, um die Stille zu beenden.

„Ich muss eigentlich Hausaufgaben machen und noch für eine Klassenarbeit lernen", murmelt Dunja.

Ich schaue sie fragend an. Denkt sie, ich mache jetzt mit

ihr Hausaufgaben?

Doch dann rennt sie plötzlich in den Garten und lacht: „Egal, lass uns aufs Trampolin gehen, ich mache das einfach später."

Dunja rennt mit Anlauf aufs Trampolin und knallt voll mit dem Gesicht auf ihr Eis. Sie guckt mich erst erschrocken an, doch dann müssen wir plötzlich beide so loslachen, dass wir uns gar nicht mehr einkriegen können. Wir lassen uns auf das Trampolin fallen und lachen, bis wir nicht mehr können. Plötzlich sehe ich Dunjas Mutter schmunzelnd am Zaun stehen. Ich setze mich auf und zeige mit meinem Eis auf sie. Dunja dreht sich um und ist plötzlich ganz still.

„Was ist?", frage ich sie.

„Ich habe noch gar nicht mit den Hausaufgaben angefangen", murmelt sie. Dunjas Mutter lacht und ruft uns zu: „Schön, dass ihr Spaß habt. Hast du schon etwas gegessen, Dunja?"

„Ja, wir haben Kartoffelgratin gegessen und Eis zum Nachtisch", antworte ich.

„Ja, das sieht man, also das Eis", kichert sie. „Dann habt noch viel Spaß, ich bin drüben."

„Sie ist echt nett, deine Mutter", sage ich zu Dunja.

„Ja, ist sie wirklich. Aber sie macht sich immer so viele unnötige Sorgen um mich, das nervt manchmal."

„Besser, als wenn du ihr egal wärst, oder?", platzt es aus mir raus.

Gerade als Dunja antworten will, kommt Leo mit seinem Ball aufs Trampolin. „Hey, Mann! Wir essen hier gerade unser Eis", meckere ich ihn an. „Das ist ein Trampolin, keine Eisdiele", blafft er zurück und springt noch doller.

Dunja und ich gehen genervt vom Trampolin und setzen uns in den Garten. „Tut mir leid, er hat Pubertät", versuche ich das nervige und rücksichtslose Verhalten von Leo zu erklären.

„Alles okay, ich muss sowieso Hausaufgaben machen. Wir sind ja am Wochenende verabredet, ja?", antwortet Dunja und steht auf.

Echt jetzt ?!! Ich dachte, wir können noch was zusammen machen, und mein pubertierender Bruder muss Dunja direkt vertreiben …! Ich begleite Dunja ins Haus, wo sie sich ihr Gesicht wäscht und ihre Sachen einsammelt.

„Bis Samstag dann", sagt Dunja und lächelt mich an.

Ich winke ihr nach und überlege, was ich mit dem restlichen Tag noch machen soll. Ich glaube, ich rufe Clara an und erzähle ihr die Neuigkeiten von Anna und Toni. Mal sehen, was sie sagt.

Kapitel 11
Vermissung

„Clara? Bist du da?"

„Nee, hier ist der Nikolaus!"

Ich muss lachen.

„Was ist denn jetzt mit Anna und Toni? Sind sie noch zusammen?", fragt Clara neugierig.

„Nein, nicht mehr ...", antworte ich nachdenklich.

„Was heißt das?", bohrt Clara nach.

„Na ja, sie waren zusammen, nachdem Lilli sie zusammengebracht hat, wie du weißt. Obwohl Anna und ich uns versprochen haben, dass keine von uns mit ihm geht. Nachdem Anna – dank Lilli – ihr Versprechen gebrochen hat, habe ich die drei ignoriert und die Projektgruppe gewechselt, wir haben nämlich gerade Projekttage, weißt du. Ich weiß, man hätte das anders klären können, aber zu diesem Zeitpunkt konnte ich einfach nicht mehr. Ich war so wütend, traurig und verletzt. Ich hätte sie alle an die Wand klatschen können. Und zwar mit Anlauf!" Ich bin wieder total wütend und komme so richtig in Fahrt: „Heute hat Toni komischerweise mit Anna Schluss gemacht und zu mir gesagt, ich zitiere: 'Ciao, Beauty.' Der hat sie doch nicht mehr alle!!", wüte ich weiter.

Clara unterbricht mich: „Häää? Warum sagt er so was zu dir, wenn er gerade erst mit der anderen Schluss gemacht hat?"

„Keine Ahnung. Er ist einfach ein Player!", schnaube ich wütend. „Auf jeden Fall hat Anna sich heute nach Schulschluss bei mir entschuldigt. Ich habe es aber erst einmal ignoriert, weil ich nicht weiß, was ich machen soll. Einerseits möchte ich mich mit den beiden vertragen ...", sage ich nachdenklich.

„... andererseits bist du noch immer sauer, stimmt's?", beendet Clara meinen Satz.

„Ich vermisse dich, Clara! Und ich möchte, dass du immer weißt, dass nur du meine BFF bist!", flüstere ich den Tränen nahe.

„Du bist auch meine allerbeste Freundin, Lina! Für immer und immer. Und daher empfehle ich dir: Rede einfach mit Anna und Lilli. Ich bin mir sicher, dass ihr euch wieder vertragen werdet", versucht Clara mich zu beruhigen.

„Danke, Clara. Du bist die Beste!"

„Schatzi-Mausi! Kommst du mal runter und gehst mit

Lotte raus, bitte?", ruft Mama von unten – laut genug, dass Clara jedes Wort gehört hat und kichert.

Boah nee ey!

„Gut, Schatzi-Mausi, dann geh mal mit Lotte raus und gib ihr einen Kuss von mir", sagt Clara lachend.

„Okay, okay", lache ich mit ihr.

„Telefonieren wir am Wochenende noch mal?", fragt Clara.

„Versprochen!", antworte ich und werde schon wieder von meiner nervigen Mutter unterbrochen: „Komm jetzt, sonst kackt Lotte noch auf den Teppich!"

„Augenverdreh-Smiley mit einem Echt jetzt?!! angehängt", sage ich genervt zu Clara.

„Tschüss, allerliebstes Schatzi-Mausi", verabschiedet sich Clara.

„Tschüss, Clara!", sage ich und lege auf.

Ich renne die Treppe nach unten und schnappe mir: Lotte, Lottes Leine, KACKBEUTEL und Leckerlis.

„Tschüüüüüüss, bis gleich, Mama!", rufe ich noch, stürme aus dem Haus und schnappe nach Luft. Mütter können echt sehr, sehr, sehr nerven! Noch ein Augenverdreh-Smiley. Boah, heute ist echt ein verdrehter Tag. Ich sammle Lottes Kacke ein und verhindere, dass sie der Nachbarskatze das Spielzeug klaut. Plötzlich höre ich hinter meinem Rücken eine Stimme, die ich gar nicht leiden kann! Ich drehe mich

um und rufe, vielleicht ein bisschen zu entsetzt: „TONI???"

ECHT JETZT?!!

„Hey du, alles gut bei dir?", fragt er leise.

„Klar, wieso denn nicht? Was machst du denn hier?", frage ich ihn, vielleicht etwas zu genervt.

„Ich besuche meinen Onkel Karl Uwe und meine, also seine Katze Chi Chi…"

„Was für ein beschissener Name!", rutscht es mir raus. Ich lege meine Hand auf den Mund. Oh no! Habe ich das gerade laut gesagt? Tonis Gesichtsausdruck sagt mir, dass ich das sehr laut und deutlich gesagt habe. Am liebsten würde ich jetzt im Boden versinken, oder noch besser, es kommt ein Zauberer und zaubert mich auf einen anderen Planeten.

„Oha Beauty, wie gemein", antwortet Toni. „Willst du mich vielleicht auf ein Versöhnungseis einladen?", plappert er sofort weiter.

Ich bin sprachlos über so viel Selbstverliebtheit. Wie konnte ich nur in DEN verknallt sein? Was fand ich nur an ihm? Ich sammle mich und besinne mich auf einen Satz von Leo, der mich immer tierisch aufregt, wenn er ihn sagt: „Danke, aber nein danke!"

Mit hocherhobenem Kopf laufe ich mit Lotte weiter, ohne mich noch mal umzudrehen. Als ich schon einige Zeit im Wald unterwegs bin, merke ich, dass ich immer noch meinen Kopf nach oben strecke, und muss lächeln. Ich lasse die Schultern sinken und setze mich mit Lotte auf eine Bank. Was für ein Blödmann. Der denkt wohl, er kann jede haben. Aber nicht mit mir!

„Lotte, ich verspreche dir heute hoch und heilig, dass ich nie, nie, niemals mit diesem Blödmann Toni gehen werde!"

Lotte sitzt vor mir, wedelt mit dem Schwanz und schaut mich mit ihrem *Was muss ich tun, damit ich ein Leckerli bekomme?*-Blick an.

Ich muss lachen. „Na komm, lass uns nach Hause gehen."

Als ich nach Hause komme, liegt ein Zettel auf dem Tisch: *Anna hat angerufen. Fünfmal!!! Scheint dringend zu sein. Ich bin einkaufen, danach hole ich Oma Heide vom Bahnhof ab. Küsschen, Mama*

Oh no, ich wollte doch nicht mit Anna sprechen. Ich mache Lottes Leine ab, da klingelt das Telefon schon wieder. Ich gehe einfach nicht ran. Ach, schon wieder weg, wie gut. Plötzlich steht Leo vor mir: „Für dich", murmelt er schläfrig und drückt mir das Telefon in die Hand. Woher hat Anna eigentlich unsere Festnetznummer, frage ich mich und halte das Telefon immer noch so, wie Leo es mir in die Hand gelegt hat.

Ich höre es aus dem Telefon rufen: „Lina! Bist du da?"

Och nöö, ich will jetzt wirklich gar nicht. Aber ich nehme das Telefon ans Ohr und zwinge mir ein gedehntes „Jaaaaa" ab.

„Lina, ich finde es echt schade, dass du mich ignorierst. Wir haben uns doch so gut verstanden. Und das alles wegen eines blöden Jungen. Können wir uns nicht wieder vertragen?", höre ich Anna sagen.

„Schade findest du das!?" Ich höre mich selbst fast brüllen, kann meine Wut aber nicht mehr zurückhalten und merke, wie mir auch noch die Tränen kommen. Mist, ich wollte doch cool sein, jetzt bin ich alles andere, aber nicht cool. Wenn sie mich auch einfach so überfällt, die blöde Kuh!

„Lina, bist du noch da?"

„Also ich finde es nicht nur schade, sondern völlig daneben, dass du unser Versprechen gebrochen hast, dass keine von uns beiden mit Toni geht. Ich finde es unmöglich, dass Lilli sich einfach einmischt und uns gegeneinander ausspielt, obwohl sie von unserer Abmachung weiß. Und jetzt, wo der Idiot mit dir Schluss gemacht hat, kommst du wieder an. Was denkst du, wie sich das anfühlt? An einem Tag einen BFF-Club mit mir gründen wollen und dann so was. Denkst du, dass beste Freundinnen so etwas machen? Also ich würde sagen, das sollten Freundinnen auf gar keinen Fall machen. Das war richtig kacke von dir. So richtig Durchfall-Hundekacke!", wüte ich weiter und merke, dass das guttut. Ich werde wieder ruhiger, die Wut ist raus.

„Okay, ich verstehe, dass du wütend bist. Es tut mir wirklich leid. Es ging alles so schnell, und dann war es schon passiert. Lilli hat so gedrängelt und ich war so aufgeregt. Aber du hast recht, das hätte ich nicht machen dürfen. Bitte entschuldige. Ich würde mich wirklich gerne wieder vertragen. Was hältst du von einem Entschuldigungs-Eisbecher nach der Schule bei Linos Eisfabrik?"

„Habt ihr euch abgesprochen mit euren Entschuldigungs-Eisbechern oder ist das so das Ding hier in Berlin?", frage ich Anna.

„Hä? Das verstehe ich jetzt nicht."

„Ach, egal. Okay, lass uns vertragen. Aber wir gehen alleine Eis essen, ohne Lilli."

„Wenn wir uns dann wieder vertragen, gerne", sagt Anna erleichtert. „Also morgen nach der Schule?"

„Ja, morgen nach der Schule", antworte ich. „Bis morgen dann."

„Bis morgen."

Wir legen auf.

War das jetzt richtig?, schießt es mir durch den Kopf. Ich muss mit Clara sprechen. Oh, es ist schon ganz schön spät.

Wo Mama nur bleibt? Egal, ich rufe Clara an.

„Na, Schatzi-Mausi, schön gekackt?", begrüßt mich Clara.

„Ja, einen richtig großen Hundehaufen haben wir gemacht", pruste ich los.

„Gibt es was Neues von Toni, Anna und Lilli?", fragt Clara.

Ich erzähle ihr alles. Dass ich Toni vor Herrn Uwes Haus getroffen habe, von dem bescheuerten Namen seiner Katze, dass ich mit Anna telefoniert und wir uns wieder vertragen haben. Und von dem Entschuldigungs-Eis morgen. Ohne Lilli.

„Und was willst du nun mit Lilli machen?", fragt Clara.

„Weiß ich noch nicht, vielleicht vertrage ich mich auch einfach mit ihr. Andererseits bin ich immer noch sauer auf sie ..."

Clara brummt verständnisvoll: „Das klingt sehr kompliziert. Ich würde an deiner Stelle einfach einmal drüber schlafen und dann morgen in Ruhe entscheiden ..."

„Danke, Clara, du bist toll!"

„Du doch auch", flüstert Clara.

„Ich vermisse dich, Clara."

„Ich dich auch, Lina. Ich hoffe, wir können uns bald wiedersehen... Du, ich muss auflegen. Viel Glück morgen!", sagt Clara.

„Danke!" Ich lege auf und mache mich bettfertig, ziehe meinen Lieblingsschlafanzug an und putze meine Zähne – heute sogar mal mit Zahnseide. Mama wäre stolz auf mich. Umarm-Smiley.

Kapitel 12
Oma Heide

Gerade als ich nach unten gehen will, um Mama und Papa Gute Nacht zu sagen, ruft eine Stimme von unten: „Halli-halllo, hallöle! Eure Oma Heide ist da und hat Geschenke dabei, alle mal herkommen."

Leo rennt an mir vorbei und rempelt mich an.

„Mann, Leo, pass doch mal auf!", motze ich ihn an.

„Oma Heide!", ruft Leo und umarmt sie stürmisch.

Ich gehe langsam die Treppe herunter.

„Wahnsinn, seid ihr groß geworden", begrüßt uns Oma Heide, an der Leo immer noch hängt wie eine Klette.

Leo hatte schon immer eine besondere Beziehung zu Oma Heide. Sie ist Mamas Mutter und wohnt in Bayern. Eigentlich kommt sie aus dem Schwarzwald, aber die Liebe hat sie nach Bayern verschlagen, wo sie auch nach Opas Tod geblieben ist und inzwischen mit ihren Freundinnen in einer Seniorinnen-WG wohnt. Mama nennt die WG eine Hippie-Burg, denn es ist tatsächlich eine alte Burg, die Oma und ihre Freundinnen zu einer seniorengerechten WG umgewandelt haben. Ich liebe es dort. So viele Verstecke, unentdeckte Ecken und erst der große verwilderte Garten – einfach ein Traum zum Spielen. Und die Freundinnen von Oma sind echt nett und es gibt immer jede Menge Leckereien.

„Na? Wer will sehen, was ich mitgebracht habe?", fragt Oma Heide.

Alle natürlich. Wie immer hat Oma Heide jede Menge Weißwürste von der Metzgerei Huber mitgebracht, alles bio und soo lecker. Eigentlich mag ich keine Weißwürste, aber die, die Oma mitbringt, mag ich dann doch. Melonengummibärchen und Schokolade für mich. Raffaello und Kekse für Leo.

„Mhhhh, lecker. Danke, Oma!", rufe ich begeistert.

„Danke, Oma!", schwärmt auch Leo und hängt schon wieder an ihrem Hals.

„Und da Oma nun da ist, werden Papa und ich heute ausgehen. Bitte macht euch rechtzeitig bettfertig und esst noch was. Mama, kannst du dich um das Abendbrot für die Kinder kümmern, bitte?", fragt Mama.

„Klar wie Kloßbrühe", antwortet Oma mit einem Grinsen, das soviel heißt wie: Wir werden einen schönen Abend haben.

„Bitte, Mama, gesundes Abendessen und dann ab ins Bett", betont Mama und schaut Oma streng an.

„Gesundes Abendessen. Verstanden. Los, geht schon. Dich habe ich doch auch großbekommen, ich schaffe das schon", beschwichtigt Oma Mama und bugsiert sie zusammen mit Papa zur Tür.

„So, und was machen wir drei jetzt Schönes?", fragt Oma mit einem Lächeln. „Was Gesundes essen und dabei fernsehen?", fragt Leo.

„Was haltet ihr von gesundem Vollkornbrot mit Süßigkeiten drauf? Das ist gesund, lecker und macht Spaß", schlägt Oma vor.

„Au ja, super Idee!", antworte ich.

„Ich habe nämlich Überraschungssüßigkeiten dabei. Ich verbinde euch die Augen und ihr müsst schmecken, was auf euren Broten ist, okay?"

„System gedribbelt", antwortet Leo.

Gespannt setzen wir uns an den Tisch und Oma verbindet uns die Augen.

„Mann, dauert das lange. Schneller, Oma", drängle ich.

„Nur Geduld, meine Liebe", antwortet Oma, die im Hintergrund mit Papier knistert und Tellern klappert. Dann endlich kommt sie zu uns an den Tisch. Vor jeden von uns stellt sie einen Teller.

„Also, das Spiel geht so: Ich gebe euch immer gleichzeitig einen Happen, und wer zuerst errät, was es ist, bekommt einen Punkt. Es gibt zehn Punkte zu erreichen, wer mindestens fünf Punkte hat, bekommt einen Bonus-Happen, auf geht's", erklärt Oma die Regeln.

„Frosch-Gummibärchen!", kommt direkt von Leo.

„Einen Punkt für Leo."

Mann, ich habe noch nicht mal richtig draufgebissen. Okay, Konzentration.

„Erst in Ruhe aufessen, runterschlucken und einen Schluck Wasser trinken, dann geht es weiter. Also los, nächster Happen."

„Joghurtschokolade", rate ich.

„Fast", antwortet Oma.

„Kinderriegel", kommt es von Leo.

„Richtig!"

Leo ist einfach zu gut in dem Spiel, aber mir geht es sowieso eher ums Spielen als ums Gewinnen. Ich bin da anders als Leo, er muss immer gewinnen. Als es fünf zu null steht, gibt es die Bonus-Runde nur für Leo. Ich muss warten. Leo spukt den Bonus-Happen auf den Tisch und schreit: „Igitt! Oma, was war das denn?"

„Saure Gurke mit Hering", antwortet Oma lachend und kriegt sich gar nicht mehr ein.

Leo ist sauer, das ist er bei Oma Heide eigentlich nie.

Trotzdem reißt er sich die Augenbinde runter und knurrt:

„Ich spiele nicht mehr mit. Das war gemein!"

„Ach, Leolein, das war doch nur ein Spaß. Sei doch nicht böse mit deiner alten Oma Heide", versucht sie ihn zu beschwichtigen. „Kommt, ihr könnt den Rest mit offenen Augen essen und dann zeigst du mir dein neues Computerspiel. In Ordnung, Leo?", schlägt Oma vor.

Oma konnte Leo schon immer um den Finger wickeln. Ich nehme meine Augenbinde ab und genieße meine Vollkornbrote mit roten Schnüren, Marshmallows, Erdbeerschokolade und den anderen Leckereien, die Oma sich für uns ausgedacht hat. Mama erzählt immer, dass Oma immer gesund gekocht hat und es nur wenig Süßigkeiten gab, als sie klein war. Und wenn Mama gequengelt hat, dass die anderen viel mehr Süßes essen dürfen, hat Oma ihr gedroht: Wenn sie weiter herummeckert, wird sie später ihren, also Mamas, Kindern all die Süßigkeiten geben, die Mama als Kind essen wollte. – Das macht sie jetzt auch wirklich. Gut für uns, zum Ärger von Mama, die heute genauso auf gesundes Essen achtet wie Oma früher. Obwohl ich mir das bei Oma Heide gar nicht vorstellen kann.

„Komm, Oma, wir spielen einfach Minecraft. Es ist schon spät und bis ich dir das neue Spiel erklärt habe, dauert es zu lange", schlägt Leo vor, nachdem wir alle Spuren unseres *gesunden Abendbrots* beseitigt haben.

„Okay, aber morgen will ich es dann sehen", sagt Oma bestimmt.

„Klar, keine Sorge. Dann habe ich einen Grund, warum ich unter der Woche spielen darf", sagt Leo und zwinkert Oma zu.

Ich lege mich zu den beiden auf die Couch, schlummere aber schnell ein, der Tag war soo anstrengend...

„MAMA!", höre ich meine Mama empört rufen und wache auf.

Wo bin ich?

Oh, noch auf der Couch, neben Oma Heide und Leo, die immer noch an der Konsole hängen. Oje, das gibt Ärger.

„Es ist fast Mitternacht und ihr zockt hier noch, mitten unter der Woche? Das ist jetzt nicht dein Ernst!", meckert Mama Oma an.

Ich verkrümle mich schnell, murmle „Gute Nacht" und gehe nach oben in mein Zimmer, um weiterzuschlafen. Ich höre noch das Gemecker von unten und das Getrampel von Leo, der wütend nach oben stapft und seine Zimmertür zuknallt. Na bravo, wieder wach. Unten wird noch etwas geklappert und ich höre jetzt nur noch Stimmengewirr. Irgendwie schlafe ich dabei dann doch ein.

„Guten Morgen, Sonnenschein, der Tag ist schon da. Komm runter, es gibt Weißwurstfrühstück", weckt mich Oma Heide.

Es war also doch kein Traum.

„Ich komme", murmle ich verschlafen.

„Kommst du?", fragt Oma.

„Ja, ich komme, habe ich doch gesagt", antworte ich etwas lauter.

„Komm runter, ja?", sagt Oma noch einmal.

Sie hat wohl ihre Verstärker noch nicht drin. Verstärker nennen wir ihre Hörgeräte, weil Oma findet, dass Hörgeräte sie alt machen, obwohl sie sich noch gar nicht alt fühlt. Ich ziehe mich an, packe meinen Rucksack und gehe runter in die Küche. Dort ist ein Wahnsinns-Frühstückstisch gedeckt, und das mitten unter der Woche.

„Wow, danke für das tolle Frühstück, Oma! Da packe ich mir gleich noch was für die Schule ein", sage ich zu Oma.

„Ich habe extra viel gemacht, packt euch doch noch was für die Schule und die Arbeit ein, ja?", antwortet Oma.

„Mama, hast du deine Verstärker drin?", fragt Mama Oma.

„Schmeckt es euch?", fragt Oma uns unbeirrt.

Papa haut richtig rein, Leo schläft noch am Tisch.

„MAMA, HAST DU DEINE VERSTÄRKER DRIN?", fragt Mama jetzt ziemlich laut.

„Schrei mich nicht an, Kind. Ich höre schlecht, bin aber nicht schwerhörig. Nein, ich habe meine Verstärker noch nicht drin, mache ich noch. Glaub mir, ich höre schon alles, was wichtig ist", brummt Oma.

Mama verdreht die Augen und isst ein wenig von dem Tomatensalat, den Oma gemacht hat.

„Ich muss los, danke noch mal für das tolle Frühstück. Ich gehe heute nach der Schule mit Anna Eis essen und komme etwas später", sage ich, während ich meine Brotbox in meinen Rucksack packe.

„Wieso geht ihr im Sommer eislaufen, haben die Eisbahnen überhaupt geöffnet?", antwortet Oma.

Ich muss lachen.

„MAMA, EIS ESSEN GEHEN SIE, MACH BITTE DEINE VERSTÄRKER REIN", blafft Mama sie genervt an.

Sie ist immer noch sauer wegen gestern Abend.

„Ach, Eis essen. Viel Spaß, Lina", trällert Oma und ignoriert Mama einfach.

Ich wünschte, ich könnte manchmal so bei mir sein wie Oma.

Kapitel 13
Ein Eis, und dann ist alles wieder okay?

Es klingelt, endlich ist die Schule vorbei!! Ich packe meine Trinkflasche und die restlichen Melonengummibärchen ein, von denen ich eben heimlich in Mathe gegessen habe. Dann stürme ich mit Anna eingehakt aus dem Klassenraum. Ich sehe Lilli schüchtern zu mir gucken, irgendwie tut sie mir jetzt leid. Ich spreche Anna auf das Thema an, während wir zur Eisdiele laufen. Sie stimmt mir zu und sagt: „Morgen reden wir mit ihr, okay?"

„Weißt du, ich fand es eigentlich richtig cool zu dritt, aber dass Lilli sich so eingemischt hat und wir alle Streit deswegen hatten, fand ich echt Mist", sage ich nachdenklich zu Anna.

„Ich glaube, Lilli hat gar nicht so drüber nachgedacht, was das auslöst. Ich denke, sie fand es einfach lustig und spannend, also die Sache mit Toni. Und dann hat sie vergessen, darüber nachzudenken, was am Ende bei so was rauskommt. Mein Papa sagt manchmal, dass ich auch so bin. Ich bin so in eine Sache vertieft, dass ich vergesse, was um mich herum passiert", antwortet Anna, während sie ihre Brille mit einem Taschentuch versucht sauber zu machen.

„Mh, das kann sein. So was kenne ich auch, aber eher beim Spielen. Einmal, als ich noch klein war, so drei oder vier, da habe ich Modedesignerin gespielt. Und als Mama reinkam und mich gefragt hat, warum ich bei meiner Schlafanzughose den Po abgeschnitten habe, konnte ich es gar nicht erklären. Ich war einfach so sehr im Spiel drin", erzähle ich Anna.

Da fängt sie so laut an zu lachen, dass es mir schon peinlich ist. „Was? Du hast den Po von deiner Schlafanzughose abgeschnitten?", lacht sie weiter und kriegt sich gar nicht mehr ein. Jetzt muss ich auch lachen.

„Ja, im Spiel eben, wie du gesagt hast. Ich habe das Davor und Danach nicht mitbekommen oder darüber nachgedacht", kichere ich.

„Schlafanzughose ... einfach den Po abgeschnitten", kichert Anna weiter.

Kichernd kommen wir in der Eisdiele an und bestellen beide ein Spaghetti-Eis. Yummie, ich lieeeeebe

Spaghetti-Eis, Vanilleeis und dann noch mit Erdbeersauce ist einfach der Hammer. Plötzlich steht Lilli neben uns und knautscht verlegen ihre blonden Locken.

„Na, ihr auch hier?", fragt sie leise.

„Komm, setz dich zu uns", sage ich gut gelaunt.

Lilli und Anna schauen mich erstaunt an.

„Ach kommt, Schwamm drüber! Ja, das mit Toni war echt blöd. Aber ehrlich gesagt ist Toni es nicht wert, dass wir uns streiten. Und wahrscheinlich hast du es gar nicht böse gemeint, Lilli. Also lasst uns das Ganze vergessen und nicht weiter wegen dem Angeber streiten", sage ich versöhnlich. Lilli lächelt und setzt sich zu uns. „Genau, so ein Angeber mit seinem Skateboard und seinem Wahnsinns-Instagram-Kanal", antwortet Lilli erleichtert.

„Habe ich da Skateboard und Wahnsinns-Instagram-Kanal gehört? Sprecht ihr etwa von mir, Beautys?", kommt es da plötzlich von der Tür.

Toni! Ist der eigentlich überall? Lässig lehnt er im Türrahmen und hat ein breites Grinsen im Gesicht. Ich verdrehe die Augen, Lilli nimmt einen sehr großen Löffel Eis in den Mund und muss husten. Ich muss schmunzeln: Das passiert doch sonst nur mir.

„Du bist nicht der Rede wert, Toni. Hau einfach ab!", kontert Anna cool und zwinkert mir zu. Sie scheint es ernst zu meinen mit der Versöhnung.

Toni springt beleidigt auf sein Board und düst ab.

Ha, wäre doch gelacht, wenn wir wegen dem keine Freundinnen mehr sein können.

Nach der Eisdiele wollen Anna und Lilli noch etwas unternehmen, aber ich weiß, dass Mama sich wünscht, dass ich nach Hause komme, wo doch Oma Heide da ist.

„Meine Oma ist zu Besuch, aber wenn ihr wollt, könnt ihr mit zu mir kommen. Dann bin ich zu Hause, und wir können trotzdem was zusammen machen. Habt ihr Lust?", frage ich die beiden.

„Warum nicht?", antwortet Anna und wir machen uns auf nach Wannsee.

Ich hoffe, Mama stresst das jetzt nicht, aber so kann ich beides unter einen Hut bringen.

Zu Hause wütet Mama in der Küche und flucht vor sich hin. Och nee, so ein Tag ist heute? Und Oma Heide ist auch nicht da. Dann lieber wieder raus hier. Ich frage die beiden: „Wollen wir gemeinsam mit Lotte an den See?"

„Wir haben aber keine Badesachen mit", murmelt Lilli.

„Also Anna kann auf jeden Fall einen Badeanzug von mir haben. Und dir, Lilli, könnte vielleicht einer passen, den wir schon für mich gekauft haben, der mir aber noch zu groß ist. Was meint ihr?", schlage ich vor.

„Au ja!", ruft Anna begeistert und schiebt ihre Brille zurück auf die Nase.

„Wenn es sein muss", antwortet Lilli eher genervt.

„Hast du eine andere Idee?", versuche ich es.

„Nein, schon okay. Gib mal her, den Badeanzug. Einen Bikini hast du nicht, oder?", fragt Lilli.

„Nö, Bikinis finde ich unbequem, deshalb habe ich keine. „Und was nun?", frage ich in die Runde.

„Komm schon, Lilli, es ist so warm heute. Ich habe richtig Bock zu schwimmen", versucht es Anna.

Lilli gibt sich einen Ruck und wir gehen gemeinsam hoch in mein Zimmer. Dort probiert Lilli meinen Badeanzug an. Auch Anna schlüpft in ihre – oder eher meine – Schwimmsachen. Yes, beide Badeanzüge passen. Wir pumpen noch Kroko auf, packen Wassermelone, ein paar Himbeeren und etwas zu trinken ein, legen Lotte die Leine an und ziehen los.

Auf dem Weg Richtung See sehen wir Herrn Uwe. Ich erzähle Lilli und Anna die Geschichte von der Katze Chi Chi, die eigentlich Toni gehört, jetzt aber bei seinem Onkel wohnt. Die beiden müssen lachen.

„Chi Chi, echt jetzt?!!", lacht Anna. „Was für ein beknackter Name, warum nicht gleich Pi Pi oder Pu Pu?"

Jetzt können wir alle nicht mehr vor Lachen.

„Oder Ka Ka", prustet Lilli.

Ich bin froh, dass wir Lilli bei unserem Versöhnungseis getroffen und uns wieder vertragen haben. Zu dritt macht es doch richtig viel Spaß.

Als wir abends nass und völlig kaputt wieder mit Lotte zu Hause ankommen, liegt Mama ganz erledigt auf der Couch. Oma ist in der Küche und macht Bratkartoffeln. Oh, wie lecker.

„Oma Heide, das sind meine Freundinnen Anna und Lilli. Dürfen sie heute mitessen?", frage ich.

„Klar, Lina, du weißt doch, ich koche sowieso immer für eine ganze Mannschaft, und Leo sagte eben, dass er schon bei Carsten gegessen hat. Hängt mal euer Zeug auf und deckt den Tisch, dann können wir gleich essen", antwortet Oma. Und etwas leiser flüstert sie noch: „Ich habe auch Salat gemacht, damit es was Gesundes für Mama gibt." Sie grinst mich an und rührt dann wieder in der Pfanne herum.

„Die ist aber nett, deine Oma", sagt Anna.

„Ja und echt lustig", antworte ich und erzähle von dem Spiel von gestern, inklusive der Bonus-Runde mit der sauren Gurke und dem Hering.

„Auf die Idee muss man erst mal kommen. Kein Wunder, dass dein Bruder alles wieder ausgespuckt hat", lacht Lilli.

Nach dem Abendessen ist es schon ganz schön spät.

Lillis Mutter hat schon bei ihr auf dem Handy angerufen, um zu fragen, wo sie bleibt. Sie hat vergessen, Bescheid zu sagen, dass sie nach der Schule noch mit zu mir ist. Papa ist so lieb und bringt die beiden nach Hause. Auf Papa ist echt immer Verlass, auch wenn er ab und zu mal ein bisschen brummelig ist. Wenn man ihn braucht, kann man immer auf ihn zählen. Als wir Lilli und Anna nach Hause gebracht haben, hören wir *Better* von Lena und singen ganz laut mit. Das liebe ich, wenn ich allein mit Papa im Auto bin. Nur wir beide, ich darf die Musik aussuchen und dann singen wir, so laut wir können. Herrlich. Augenzwinker-Smiley und ganz viele Glücksherzen.

Zu Hause hüpfe ich schnell nach oben, ich muss unbedingt Clara noch mal anrufen und ihr erzählen, dass alles wieder gut ist.

„Clara?", frage ich, nachdem sie abgehoben, aber nichts gesagt hat.

„Mhhhhhhh", brummt sie schläfrig.

„Habe ich dich geweckt?", frage ich vorsichtig.

„Ja, aber ich habe extra das Handy mit ins Bett genommen, weil ich dachte, wenn du mich brauchst, kannst du mich erreichen", flüstert sie ganz müde.

„Dann schlaf weiter, allerliebste, beste und tollste Freundin auf der Welt. Wir haben uns alle wieder vertragen, und ich wollte dir das nur erzählen. Aber das geht auch morgen. Gute-Nacht-Drücker und danke, dass du meine Freundin und immer für mich da bist", versuche ich auch leise zu sprechen, was mir in meinem aufgedrehten Zustand allerdings nicht besonders gut gelingt.

„Ich hab dich lieb, Lina. Schlaf du auch gut. Bis morgen", murmelt Clara und legt auf.

Ach, ich habe schon ein Riesenglück, mit so einer tollen Freundin aufgewachsen zu sein. Ich denke noch mal über den Tag nach und mache mich bettfertig. Ich bin nämlich ganz schön müde. Als ich gerade runter will, um allen Gute Nacht zu sagen, klopft es leise und Mama kommt rein.

„Gute Nacht, meine Süße. Ich bin ganz erledigt und gehe jetzt schlafen. Für dich ist es auch Zeit", sagt sie.

„Ich wollte gerade Gute Nacht sagen. Bringst du mich noch ins Bett?", frage ich gähnend.

„Klar", antwortet sie, deckt mich zu und kuschelt sich zu mir. „Na, wie war dein Tag?", fragt Mama mit müden, kleinen Augen.

Ich erzähle ihr alles, alle Einzelheiten vom Streit mit Anna und Lilli, von der beknackten Katze Chi Chi, Ka Ka, Pu Pu, wie wir uns heute wieder vertragen haben und dass Clara so für mich da war.

Mama streichelt mir den Kopf und sagt: „Da hast du aber ganz schön viel erlebt. Es tut mir leid, dass ich so wenig da war. Ich habe noch dieses eine Kochbuch angenommen, das so stressig ist. Ich lerne auch nie dazu. Immer sage ich Ja, obwohl ich weiß, dass ich dann in Stress gerate. Ich versuche, mehr für euch da zu sein. Bis Sonntag schaffe ich es bestimmt, das Projekt abzugeben."

„Ach, Mama, alles gut. Ich weiß doch, dass dir das Ganze auch Spaß macht, und du bist ja jetzt da. Außerdem habe ich noch Clara und Lotte. Und Oma ist auch gerade da. Wie lange bleibt sie eigentlich?"

„Danke, mein Schatz. Manchmal frage ich mich, wer von uns beiden die Erwachsene ist. Bis Montag ist Oma da, denke ich. Sonntag habe ich ja Geburtstag und wir grillen. Du kannst auch ein paar Freundinnen einladen, wenn du magst."

„Au ja, ich wollte mich am Wochenende mit Dunja treffen, das mache ich dann Samstag. Und Sonntag lade ich Lilli und Anna ein, okay?", frage ich.

„Ja, gern", antwortet Mama und gibt mir tausend Küsse auf mein Gesicht. „Schlaf schön, mein Engel. Ich hab dich lieb. Du bist ein tolles Mädchen. Ich bin froh, dass du hier Freundinnen gefunden hast", sagt sie und steht langsam auf.

„Noch eine Umarmung", sage ich und ziehe Mama wieder zu mir ins Bett.

„Eine noch, dann muss ich auch schlafen."

Wir drücken uns ganz doll. Jetzt kann ich gut einschlafen. Ich merke auch, wie müde ich bin, und schlummere ganz schnell ein.

Kapitel 14
Abenteuer mit Dunja

Oh, endlich Wochenende. Als ich aufwache, gucke ich auf meinen iPod – erst 9:34 Uhr. Da kann ich ja entspannt noch eine Folge *Die drei Ausrufezeichen* hören, bevor ich aufstehe. Ich suche mir eine Folge aus und drehe mich noch einmal um. Hat es geklopft? Ich hebe meinen Kopf. Es klopft noch einmal.

„Ja?"

„Du, Dunja ist unten. Sie sagt, ihr seid verabredet", sagt Mama, die den Kopf durch die Tür streckt.

Oh weh, so früh ist die schon hier?

„Oh, ja, ich dachte nicht, dass sie so früh kommt. Ich ziehe mich schnell an und komme runter. Kannst du sie so lange beschäftigen?", frage ich Mama.

Mama nickt, zieht die Tür wieder zu und geht nach unten. Schnell springe ich aus dem Bett, einmal ins Bad und rein in die Klamotten. Mann, ist das heute warm. Vielleicht gehen wir noch mal baden.

Ich renne die Treppe runter, unten sitzt Dunja in der Küche und trinkt ein Glas Wasser.

„Ich habe noch nicht gefrühstückt. Ist es okay für dich, wenn ich noch etwas esse?", frage ich sie.

„Ja, klar", antwortet sie verlegen.

Sie merkt wohl, dass bei uns alles etwas langsamer geht am Wochenende.

„Magst du auch einen Toast? Mit Schoko- oder Kekscreme?", frage ich Dunja, während ich zwei Scheiben Brot in den Toaster schiebe.

„Kekscreme?", fragt Dunja ungläubig. „Was ist das denn?"

Keks-creme

„Das bringt Oma immer mit. Mama würde uns das niiiiie erlauben, aber wenn Oma sie mitbringt, kann sie nichts sagen", kichere ich. „Das ist Aufstrich fürs Brot, der nach Karamellkeksen schmeckt, superlecker."

„Das klingt ja spannend. Dann probiere ich das gerne, wenn ich darf", antwortet Dunja.

„Klar, ich hab's dir doch angeboten", sage ich und stecke noch eine Scheibe Toast in den Toaster.

Die beiden fertigen Scheiben lege ich jeweils auf einen Teller und reiche einen davon Dunja. Wir setzen uns an den gedeckten Tisch, bestreichen unsere Toasts mit

Kekscreme und genießen sie schweigend.

„Und?", frage ich sie.

„Wahnsinn", murmelt Dunja und verdreht die Augen. „Ich wusste gar nicht, dass Brot so lecker sein kann!"

„Willst du noch eins?"

„Au ja, bitte. Was wollen wir denn heute machen?", fragt Dunja kauend.

„Wollen wir an den See gehen? Es ist so warm, wir könnten schwimmen und Kroko mitnehmen und einen Ball. Und was zu essen und zu trinken, wenn du magst."

„Gern. Dann hole ich gleich noch meine Badesachen von zu Hause. Und ich bringe Melone und Erdbeeren mit, ja?", fragt Dunja.

„Das klingt super. Ich packe uns ein paar Kekse ein und den selbst gemachten Eistee von Mama."

„Prima. Dann bis gleich", sagt Dunja fröhlich, während sie sich den letzten Bissen in den Mund schiebt und schon aufspringt, um ihren Teller wegzuräumen.

„Nehmt ihr Lotte mit an den See?", fragt Mama, als sie sieht, dass ich meine Badesachen packe.

„Och nö, dann können wir nicht richtig baden. Lotte will immer mit allen spielen. Ist es okay, wenn wir alleine gehen?"

„Klar, kein Problem. Dann bitte ich Leo, mit Lotte rauszugehen. Viel Spaß euch beiden."

Am See angekommen, breiten wir unsere Sachen aus und trinken erst mal einen großen Schluck Eistee.

„Wie lecker", sagt Dunja.

„Mama macht gerade ein Summerdrinks-Buch, dafür hat sie ganz viele verschiedene Eisteesorten gemacht. Voll praktisch, dann gibt es ganz viele leckere Drinks morgen an ihrem Geburtstag", erkläre ich Dunja.

„Wollen wir ins Wasser? Wir können Kroko mitnehmen", schlage ich vor und greife nach meinem übergroßen Luft-wassertier, das eigentlich so etwas wie eine Luftmatratze ist, aber die Form eines Krokodils hat.

„Gern", antwortet Dunja und steht auf.

Als wir uns gerade auf zum Wasser machen, sehe ich ein paar Meter weiter Toni mit jemandem Beachball spie-len. Das muss seine Zwillingsschwester Franzi sein, von der Lilli vor Kurzem erzählt hat. Toni und Franzi sehen sich gar nicht ähnlich, und wenn ich nicht wüsste, dass sie Zwillinge sind, würde ich nicht drauf kommen. Toni hat schwarzes Haar und Franzi hat knallrotes Haar und lustige Sommersprossen. Franzi ist in unserer Parallelklasse und eigentlich echt nett. Aber sie ist die Schwester von Toni, daher bin ich etwas zurückhaltend. Sie winkt uns zu und ich winke zurück. Toni ist wie immer extracool und zwinkert mir zu. Augenverdreh-Smiley.

Dunja und ich schwimmen mit Kroko richtig weit raus, nebeneinander, die Füße im Wasser. Das macht voll Spaß. Als wir wieder zu unserem Platz zurückkommen, spielen zwei Jungs mit Dunjas Tasche.

„Na? Du spreche deutsch?", fragen sie sie.

Wie gemein! Ich stemme meine Fäuste in die Hüften und schreie die beiden wütend an: „Ich weiß nicht, mit wem ihr sprecht, aber gebt die Tasche von meiner Freundin wieder her!"

Da kommt Franzi zu uns gerannt und nimmt einem der beiden die Tasche weg. „Geht heim zu Mutti, ihr Kleinkinder!", zischt sie ihn an und dreht sich zu uns, um Dunja ihre Tasche wiederzugeben.

„Na, auch Flüchtlingsfreundin? Armes Deutschland", ruft einer der beiden ihr zu.

„Aus welchem Loch seid ihr denn gekrochen? Wohl im Mittelalter hängen geblieben, was? Kommt mal im Hier und Heute an, ihr Dummköpfe!", kontert Franzi.

Mann, die hat aber Mut. Während Toni nur teilnahmslos dasteht, hat seine Schwester sich ganz schön für Dunja eingesetzt, obwohl sie sich gar nicht kennen. Ich bin beeindruckt und frage mich, ob ich das hätte tun sollen.

„Ach, lass nur. Ich kenne das schon", versucht Dunja Franzi zu beschwichtigen.

Doch Franzi baut sich jetzt erst richtig vor den Jungs auf, die sich langsam verdrücken. „Solche hirnamputierten Kröten. Ich hasse so etwas. Tut mir leid ... wie heißt du eigentlich?"

„Dunja", antwortet Dunja leise. „Danke dir. Das ist echt lieb von dir."

„Mich nerven solche Menschen einfach nur, da kann ich mich leider nicht zurückhalten. Meine Mutter sagt immer, das wird mich eines Tages noch in echte Schwierigkeiten bringen. Aber darum mache ich auch schon seit Jahren Karate und bin echt gut darin. Ich habe keine Angst vor solchen Hirnis", antwortet Franzi. „Du musst dich wehren, Dunja, das kannst du dir nicht gefallen lassen. Komm doch mal mit mir zum Karate. Wir sind nur Mädchen, das macht echt Spaß! Und vor allem lernt man, sich zu verteidigen und zu wehren, das hilft einem gerade in solchen Situationen, weil man weiß, dass man sich wehren kann."

„Ja, vielleicht", murmelt Dunja nachdenklich, die ganz schön mitgenommen ist.

„Ich schreibe euch meine Nummer auf, vielleicht habt ihr ja beide Lust auf ein Probetraining. Ich gehe immer dienstags und freitags nach der Schule. Ist um die Ecke von unserer Schule, Lina. Dienstag ist immer Open House für neue Mädels", versucht Franzi es noch einmal.

„Ja, ich habe Lust. Ich will auch so mutig sein. Lass uns doch nächste Woche zusammen gehen, Dunja. Das wäre doch cool", antworte ich begeistert.

„Ja, eigentlich könnte ich Dienstag. Ich frage mal meine Eltern", antwortet Dunja. Langsam ist sie wieder die Alte.

„Wollen wir die Kekse zusammen essen?", schlage ich vor. „Komm, Franzi, wir haben genug für drei."

Wir teilen uns Kekse, Melone, Erdbeeren und den Eistee und essen alles auf. Toni kickt allein mit seinem Ball rum und schielt ab und zu mal zu uns rüber. Was für ein schräger Typ.

Mann, war das ein Abenteuer, das hätte auch anders ausgehen können.

Franzi schreibt uns ihre Nummer auf und wir beschließen, langsam nach Hause zu gehen. Dunja ist die Lust auf Baden doch vergangen.

„Dann vielleicht bis Dienstag beim Karate?", fragt Franzi noch mal, während wir unsere Sachen zusammenpacken.

„Ich melde mich bei dir, ob wir zum Karate dürfen, ja?", antworte ich.

„Ja, klar. Wir Mädels müssen doch zusammenhalten. Girlpower!", ruft Franzi und hebt ihre Hand zum High Five.

„Girlpower!", rufen Dunja und ich gleichzeitig und schlagen beide ein.

„Tschüss und danke noch mal", sagt Dunja zum Abschied.

Wir winken uns zu und gehen nach Hause. Auf dem Heimweg schlage ich vor: „Ich kann ja Papa fragen, ob er uns das Planschi aufbaut."

„Ich muss noch Geige üben, aber danke", sagt Dunja.

Ich glaube, Dunja will einfach nur nach Hause, nach dem Vorfall heute. Ich kann das verstehen. Vor allem, wenn Dunja so etwas öfter passiert. Ich werde versuchen sie zu überreden, dass wir gemeinsam mit Franzi zum Karate gehen. Vor unserem Haus verabschieden wir uns. Jetzt werde ich erst mal eine Geburtstagskarte für Mama malen.

Kapitel 15
Überraschung

Ich werfe meine Sachen in den Flur und stürme in die Küche, um Mama von dem Abenteuer am See zu erzählen, da sitzen Clara und Eva in der Küche! Ich kann es kaum glauben und reibe meine Augen:

„Clara, Eva, was macht ihr denn hier?", frage ich freudig.

„Überraschung!", rufen mir beide entgegen. Clara stürmt auf mich zu und drückt mich so fest, dass ich kaum noch Luft bekomme.

„Na, meinst du, ich lasse meine Freundin Lorelei ihren ersten Geburtstag in Berlin alleine feiern?", fragt Eva, während Clara mich immer noch umarmt.

„Und ich konnte es nicht mehr abwarten, dich zu sehen, daher bin ich direkt mitgekommen", ergänzt Clara.

„Wow, was für eine schöne Überraschung!", lache ich freudig und wirble meine beste Freundin herum. „Das ist ja, als hätte ich Geburtstag!", freue ich mich.

„Ich glaube, das wird ein größeres Fest als geplant", sagt Mama. „Papas Freund Steffen kommt auch noch mit seiner Tochter Mara, und ich habe alle direkten Nachbarn eingeladen. Deine Freundinnen kommen noch und Omas Freundin Hannelore ist auch gerade in Berlin. Sie kommt mit ihrer neuen Lebensgefährtin Rita vorbei."

„Och, wie schön. Omimi Hannelore hat wieder eine Freundin?", frage ich. „Ja, drei Jahre nach Gudruns Tod hat sie sich wieder verliebt. Schön, oder?", erzählt Mama.

„Ja, voll schön. Sie war so still die letzten Male, als ich sie gesehen habe. Dabei war sie immer meine Lieblingsfreundin von Oma. Aber dann wird das ja ein rauschendes Fest morgen, Mama. Können wir dir denn etwas helfen?", frage ich sie.

„Nein, alles gut. Eva hilft mir, wir bereiten heute alles gemeinsam vor. Und Gott sei Dank habe ich noch literweise Eistee von meinem Summerdrinks-Buch, da können die Gäste morgen direkt mal alle Geschmacksrichtungen ausprobieren. Und selbst gemachten Holundersirup und Himbeer-Limetten-Sirup habe ich auch noch da. Die Antipasti sind schon fertig, jetzt machen wir noch ein paar Salate und legen Gemüse und Fleisch für den Grill ein. Dann ist alles fertig, und ob vegan oder vegetarisch, es ist für jede und jeden etwas dabei. Es gibt sogar mehlfreies Brot", erklärt Mama.

Wow, okay. Mama hat sich mal wieder selbst übertroffen. Höchste Zeit, zu meinem Geschenk noch eine Karte zu basteln.

„Ich gehe dann mal mit Clara nach oben", sage ich und grinse Clara fröhlich an.

„Mach das, Schatz. Claras Sachen sind schon in deinem Zimmer. Ich gehe mal davon aus, dass sie bei dir schläft", antwortet Mama.

„Wo sonst?", antworten Clara und ich gleichzeitig und müssen lachen.

Wir rennen die Treppe hoch in mein Zimmer und sind ganz außer Puste, als wir oben angekommen sind, weil wir beide die Schnellere sein wollten.

„Dein neues Zimmer ist echt superschön", sagt Clara anerkennend.

„Ja, oder?", antworte ich. „Aber ich würde gegen jedes Zimmer tauschen, um wieder neben dir zu wohnen", ergänze ich.

„Das weiß ich doch, würde ich auch. Aber jetzt haben wir uns immerhin bis Montagmorgen. Zwei Nächte und anderthalb Tage wie früher. Nur wir beide", freut sich Clara.

„Na ja, fast nur wir beide – und hundert Geburtstagsgäste", merke ich an. „Wenn ich gewusst hätte, dass du kommst, hätte ich Anna und Lilli nicht eingeladen. Meinst du, ich kann sie wieder ausladen?"

„Nein, lass mal. Ich freue mich, die beiden zu treffen. Du kennst alle, die ich kenne. Ich will auch deine neuen Freundinnen kennenlernen. Am liebsten auch Toni, aber ich kann ja schlecht am Montag mit euch in die Schule gehen", kichert Clara.

„Oh mein Gott, auf gar keinen Fall will ich, dass du diesen Angeber kennenlernst. Das ist mir so was von peinlich, dass ich in DEN verschossen war", wehre ich ab. „Wie kommt es, dass ihr bis Montagmorgen bleiben könnt? Hast du keine Schule?"

„Nein, bei uns streiken die Lehrer und Lehrerinnen am Montag, daher ist für uns frei. Wir haben zwar Aufgaben für Montag, aber die habe ich schon gemacht, damit ich ein stressfreies Wochenende mit dir haben kann", erklärt Clara.

„Oh, wie schön! Vielleicht kannst du mich am Montag noch zur Schule bringen, dann kannst du zumindest meine Schule sehen", überlege ich laut.

„Wir können ja Mama fragen. Wollen wir noch etwas für deine Mum basteln?", schlägt Clara vor.

„Ja, gerne. Ich wollte sowieso noch eine Karte für sie machen. Warte, ich hole die Bastelsachen und noch einen zweiten Stuhl", antworte ich.

„Abendessen!", ruft Papa von unten.

Oh, wenn Papa Abendessen macht, gibt es bestimmt was Leckeres – und nicht ganz so Gesundes.

„Wir kommen!", rufe ich zurück.

Wir legen die Geschenke in die Schublade, falls Mama reinkommt, und gehen runter. Oje, Mama ist mal wieder voll ausgeflippt in der Küche. Überall stehen Schüsseln mit Salat und eingelegte Sachen für den Grill.

„Wen erwartest du denn, Mama, die Queen?", witzele ich.

Mama schaut mich mit ihrem typischen *Mach dich bloß nicht über mich lustig*-Blick an. Und ich merke, ich sollte das Witzemachen lieber lassen.

„Papa, was gibt es denn zu essen?"

„Einfache Papa-Pommes mit schnödem Ketchup."

„Oh, ich liebe deine Pommes", freut sich Clara.

Papa lächelt.

Mama kocht zwar viel abwechslungsreicher als Papa, aber die Sachen, die Papa gut kann, kann er ehrlich gesagt besser als Mama. Leo macht immer Witze, dass Papa alles besser kann, was mit P anfängt: Pizza, Pasta, Pommes, Pfannkuchen, Prathühnchen – Augenzwinker-Smiley.

Wir essen gemütlich unsere Pommes und dürfen auch schon ein bisschen von dem Eistee für morgen trinken. Mhhhh, lecker. Und Clara ist bei mir, ich kann mein Glück noch gar nicht fassen. Mein Leben ist vollkommen. Ich habe das Gefühl, ich schwebe, und würde am liebsten die Zeit anhalten.

Nach dem Essen räumen wir schnell alles auf und ich sage: „Gute Nacht, Mama, Papa, Oma und Eva. Wir gehen hoch und machen uns bettfertig, denn wir wollen noch im Bett quatschen."

„Alles gut", lacht Eva. „Morgen ist ja keine Schule, also ganz entspannt. Wir sind hier und quatschen ebenfalls. Mädchendinge eben."

Papa brummt: „Ich gehe Steffen und Mara vom Bahnhof abholen. Jungssachen eben."

„Schlafen Steffen und Mara auch hier?", frage ich schon auf der Treppe.

„Ja, wir müssen am Wochenende etwas zusammen-rücken. Oma schläft im Gästezimmer, Eva bei Mama und Steffen, Mara und ich schlafen auf dem Dachboden", ant-wortet Papa, während er die letzten Sachen in der Küche zusammenräumt.

„Ui, wie cool, auf dem Dachboden. Deshalb hast du da alles aufgeräumt. Da will ich auch mal schlafen, da kann man durchs Dachfenster in die Sterne gucken", berichte ich Clara.

Wir ziehen schnell meinen neuen Schlafsessel aus und beschließen, zu zweit darauf zu schlafen. Wir be-ziehen Bettdecken und ziehen unsere Schlafanzüge an.

Dann machen wir unser Bettenlager.

„Wie schön, dass du die Erste bist, mit der ich auf meinem neuen Schlafsessel schlafe", sage ich glücklich zu Clara.

„Ja, das finde ich auch", antwortet sie leise und lächelt mich an. „Jetzt musst du mir alles haarklein erzählen, was ich noch nicht weiß", bittet sie mich.

„Jetzt musst DU mir erst mal alles aus Hamburg erzählen. Die letzten Male habe ich mich ja immer nur bei dir ausgeheult. Ich weiß gar nicht, was los ist. Geht Jule noch mit Islam? Und wie geht es Lene inzwischen? Ist sie über ihn hinweg? Wie ist es mit Svenja? Mit wem spielst du jetzt am liebsten, also außer mit mir natürlich?", löchere ich sie mit tausend und noch mehr Fragen.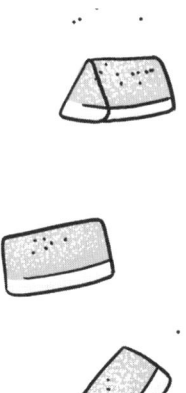

Clara lacht, macht es sich gemütlich und holt die Melonengummibärchen raus. „Ohne Melonengummibärchen geht erst mal gar nichts", stellt sie klar, und ich freue mich, dass in dem Moment alles ein wenig ist wie früher.

137

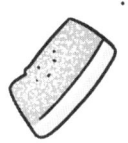

Kapitel 16
Mamas Geburtstag und noch mehr Überraschungen

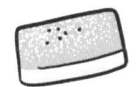

Ich wache auf und sehe Clara neben mir. Das wird ein perfekter Tag. Ich ziehe ihr ein Melonengummibärchen aus dem Haar und muss lachen. Clara dreht sich um und murmelt irgendwas.

„Bist du wach?", frage ich sie.

„Jetzt schon", antwortet Clara und dreht sich zu mir um.

„Was fummelst du in meinen Haaren rum?"

„Du hattest noch ein Melonengummibärchen im Haar. Willst du das noch?"

„Iiih neee, danke!", antwortet Clara und springt auf. „Wollen wir uns schnell anziehen und den Geburtstagstisch für deine Mama decken?"

„Ja, unbedingt!", rufe ich aufgeregt und springe auch auf.

Wir ziehen uns schnell an, waschen uns und rennen die Treppe runter. Unten sind schon Papa, Eva, Steffen und Mara.

„Hier ist ja schon viel los", bemerke ich.

„Ihr könnt die Deko machen, Mädels", schlägt Eva vor, die gerade einen Obstsalat schnippelt.

„Au ja!", rufen Clara und ich gleichzeitig.

Auf dem Tisch liegen schon Luftballons, Luftschlangen, Konfetti, Kerzen, Servietten und jede Menge Bastelpapier, außerdem mehrere Scheren und Kleber.

„Ich will auch Deko machen", kreischt die kleine Mara.

Sie ist erst vier und ehrlich gesagt etwas nervig. Papa und Steffen wollen immer, dass ich mit ihr spiele, wenn sie da ist, aber für mich ist das mehr Babysitten als Spielen. Sie reißt in meinem Zimmer immer alles raus und verteilt es im ganzen Raum. Wenn sie weg sind, muss ich jedes Mal mein ganzes Zimmer aufräumen, das nervt wirklich unendlich. Mama versucht jedes Mal, Papa davon abzuhalten, dass er sagt: „Spielt doch in Linas Zimmer." Doch Papa ist manchmal echt schwer von Begriff in solchen Dingen. Hm, was kann ich sie denn jetzt machen lassen, sodass sie uns nicht stört...?

„Magst du die Luftballons aufblasen?", frage ich Mara.

„Au ja!", antwortet sie begeistert und grapscht sich die ganzen Luftballons.

„Ich helfe dir, Mara", sagt Steffen und kommt zu uns rüber.

So, die hätten wir erst mal beschäftigt.

„Wie soll der Tisch denn aussehen?", fragt mich Clara.

„Mama liebt das Meer, Segeln und auch den Strand. Beachfeeling wäre toll. Ich hole noch ein paar Muscheln von oben und etwas von meinem Baltrum-Sand. Dann können wir noch ein paar Seesterne basteln und blaue Luftschlangen und nur die blauen Ballons verteilen, wie findest du das?", schlage ich vor.

„Grandiose Idee!", antwortet Clara. „Steffen, Mara: bitte nur blaue Ballons. Wir machen eine Beachfeeling-Deko", gibt Clara gleich weiter.

„Aye aye, Captain", antwortet Steffen und hält sich die Hand an die Stirn wie ein Matrose, der einen Befehl empfängt.

„Aye aye, Kapitänin!", verbessere ich ihn und Mara kichert.

Sie ist schon süß. Und Steffen ist wirklich mein Lieblingsfreund von Papa. Allerdings habe ich mich mehr auf ihn gefreut, als Mara noch nicht da war, wenn ich ehrlich bin. Aber sie wird ja auch größer.

Ich hole die Muscheln und mein Glas mit dem Sand aus Baltrum, Mamas Lieblingsinsel in der Nordsee, und verteile beides auf dem bereits gedeckten Tisch. Clara hat schon angefangen, Seesterne auf Bastelpapier zu zeichnen, und Mara schneidet erste Sterne aus. Das mit dem Ballons-Aufpusten hat dann doch nicht so gut geklappt.

„Wow", ruft Eva, als sie unsere Deko sieht. „Ihr habt euch mal wieder selbst übertroffen. Ihr seid echte Deko-Queens! Ich weiß schon, warum ich euch immer bitte, die Deko zu machen. Das kann wirklich niemand so gut wie ihr!"

Ich freue mich, dass sie das sagt. Mir macht Dekorieren auch wirklich Spaß. Schon als ich ganz klein war, habe ich mit Clara viel gebastelt und immer alles neu arrangiert und dekoriert. Ich liebe es, so einen Tisch zum Geburtstag zu gestalten. Oh, da ist ja auch schon der Kuchen fertig. Eva hat gebacken, da hat Papa aber Glück gehabt. Backen ist wirklich nicht so sein Ding. Papa hat Mama dafür ein Hochbeet für ihre Kräuter zum Geburtstag direkt vor das Küchenfenster gebaut. Er hat seit Wochen in seiner Werkstatt gewerkelt und ein Riesengeheimnis daraus gemacht. Aber ich denke, auch wenn er es im Garten die letzten Tage immer abgedeckt hat, Mama ahnt schon, was sie bekommt. Von mir bekommt sie eine selbst gemachte Bienenwachskerze, die ich im Kunstunterricht gemacht habe.

„Vorsicht, der ist noch heiß", warnt Eva uns und stellt den Kuchen vorsichtig auf den Tisch. Dann holt sie noch ein Blech aus der Küche mit einem weiteren Kuchen und noch zwei in Kastenformen.

„Wann bist du denn aufgestanden?", frage ich sie erstaunt.

„Deine Mama und ich haben den Blechkuchen, den Marmor- und den Zitronenkuchen gestern schon gemacht. Heute habe ich nur noch ihren Lieblingskuchen gebacken, Mandel-Schoko-Orange – ohne Mehl", grinst sie uns stolz an.

Oh, wie schön! Ein Wahnsinns-Geburtstagstisch.

Da kommt Oma Heide in die Küche: „Na, ihr Lieben, ihr habt ja schon viel gewerkelt heute früh. Gibt es noch etwas zu tun?"

Papa antwortet: „Das Omelett ist fertig, Tomate-Mozzarella auch. Brötchen sind gebacken. Kaffee und Tee sind ebenfalls fertig. Fehlt noch was?"

„Check, alles ready for Konfetti", antwortet Eva und gibt Papa fünf. „Dann wecken wir mal das Geburtstagskind."

„Da bin ich ja genau zur richtigen Zeit gekommen", lacht Oma und schaut sich beeindruckt unsere Deko an.

Papa schenkt Mama einen Kaffee mit Mandelmilch ein und wir gehen nacheinander die Treppe rauf. Ich öffne vorsichtig die Schlafzimmertür und sehe, dass Mama extra aufgeräumt hat.

Papa hebt die Hand, schwingt den Zeigefinger und zählt leise bis drei: „Happy birthday to you, happy birthday to you…", singen wir alle gleichzeitig.

Mama öffnet die Augen und lächelt. Sie steht langsam

auf und ich sehe, dass sie schon ein Kleid angezogen und die Haare gemacht hat. Sie wollte wohl nicht vor allen im Schlafanzug und mit verwuschelten Haaren stehen. Papa drückt sie zuerst und küsst sie zu ihrem Tag, danach bin ich dran und dann Leo. Wo kommt der eigentlich her? Irgendjemand muss ihn noch schnell aus dem Bett geworfen haben. Dann sind Eva, Oma und alle anderen an der Reihe. Mama trinkt einen großen Schluck aus ihrer Lieblingstasse, auf der *Lieblingsmensch* steht.

Papa und Mama sammeln Tassen, auf denen Sprüche oder Kosenamen stehen, machen sich dann immer gegenseitig Kaffee und bringen sich die Tassen. Irgendwie süß. Mama freut sich, dass so viele da sind, und läuft die Treppe runter zu ihrem Geburtstagsfrühstückstisch, der so voll ist, dass ich mich frage, wie ein einzelner Tisch das aushält. Wir setzen uns. Eva verteilt Kuchen und dann frühstücken wir in großer Runde. Zum Glück haben wir diesen riesigen Tisch. Mama und Papa haben den aus der Bibliothek, in der die beiden während ihres Studiums immer gelernt haben. Der Tisch war schon alt und wackelig und sollte entsorgt werden. Da hat Papa gefragt, ob er ihn bekommt, und ihn restauriert. Wir lieben diesen großen Tisch. Papa sagt, einen Holztisch in dieser Größe bekommt man sonst gar nicht. Zugegeben, er nimmt auch echt viel Platz weg, aber an Tagen wie heute ist er einfach unersetzlich.

Nachdem wir ausgiebig gefrühstückt haben und Mama alle Geschenke ausgepackt hat, fragt Papa: „Wann kommen eigentlich die Gäste?"

„Um vier", antwortet Mama kauend.

Ich schaue sie streng an. Eigentlich ist sie es immer, die sagt: „Nicht mit vollem Mund sprechen."

Sie bemerkt es und wird ganz rot. Ich winke ab. Es ist ja ihr Geburtstag.

„Und was machen wir bis dahin?", frage ich.

„Wir wollten eine Runde segeln gehen. Werner hat uns sein großes Boot angeboten. Sie sind dieses Wochenende nicht da und er sagte, wir können es ausleihen. Weißt du, das ist der, der sein Boot neben unserem liegen hat und dem Papa geholfen hat, sein Boot zu streichen. Habt ihr Lust?", fragt Mama, jetzt mit leerem Mund, Augenzwinker-Smiley.

Och nööö, darauf habe ich gar keinen Bock. Aber ich sage lieber nichts, schließlich ist Mama ja das Geburtstagskind.

„Mir ist es zu heiß zum Segeln, Schatz. Außerdem muss ich Hannelore und Rita von der S-Bahn abholen. Sie kennen sich hier nicht aus. Geht ihr mal segeln, ich mache hier Klarschiff und passe auf Lotte auf. Die möchte bestimmt auch nicht auf das Boot bei der Hitze", erwidert Oma Heide.

Ich schaue Clara fragend an. Aber die ist ganz bei der Sache und bemerkt meinen fragenden Blick nicht. Ich stupse sie mit dem Finger unter dem Tisch, da schaut sie mich an und ich flüstere: „Ich habe wirklich gar keine Lust zu segeln, du?"

„Mir ist es eigentlich egal. Ich mache alles mit. Hauptsache, du bist dabei", flüstert Clara zurück.

„Mama, bist du böse, wenn Clara und ich auch hierbleiben? Wir haben uns doch sooooo lange nicht gesehen…", frage ich mit meiner liebreizendsten Stimme, die ich zu bieten habe, und klimpere mit den Augen.

„Nein, wenn ihr wollt, könnt ihr hier bei Oma bleiben. Luke, Eva, Steffen, Leo, ihr kommt aber mit, oder?", wendet sich Mama an die anderen.

Papa springt auf und ruft laut: „Wo du bist, meine Kapitänin, bin auch ich!"

„Klar bin ich dabei. Wozu bin ich denn nach Berlin gefahren?!", antwortet Eva.

„Wir sind auch dabei, oder, Mara? Oder willst du lieber bei den Mädchen bleiben?", antwortet Steffen.

Echt jetzt?!! Ich habe keine Lust, die Babysitterin zu spielen. Da gehe ich noch lieber segeln. Mara schaut mich kurz an – ich versuche so unfreundlich zu gucken, wie ich kann – und sagt dann: „Nein, ich will mit dir Boot fahren, Papa."

Puh, noch mal Glück gehabt.

„Wann seid ihr wieder da? Soll ich was vorbereiten?", fragt Oma. „Es ist eigentlich alles vorbereitet. Wir haben das gestern ganz entspannt gemacht. Die Dressings muss ich noch über die Salate gießen, aber das geht schnell. Außerdem erwarten die Gäste ja nicht, dass alles sofort fertig ist und sie gleich Essen bekommen, wenn sie kommen", antwortet Mama.

„Okay, wenn euch noch etwas einfällt, ruf mich einfach auf dem Handy an", sagt Oma und räumt den Tisch ab.

„Also, auf geht's", sagt Eva.

„Ich packe uns noch was zu trinken und zu snacken ein", sagt Papa.

„'Snacken'? Wer sagt denn heute noch 'snacken'? Das Wort 'snacken' möchte bitte ins achtzehnte Jahrhundert zurück", macht sich Leo über Papa lustig.

„Was ist mit dir, Leo, kommst du mit?", fragt Mama.

„Klar, gibt es auch Cola an Bord?", antwortet Leo.

„Heute ausnahmsweise ja", trällert Mama, während sie singend ihre Sachen packt.

„Wollen wir an den See und schwimmen gehen?", fragt mich Clara. „Ich kenne den See ja noch gar nicht."

„Klar, wenn du magst. Wir können Melonengummibärchen und zwei Limos einpacken. Mama hat Limo für die Feier gekauft", grinse ich.

Wir packen unsere Schwimmsachen, Melonengummibärchen und Limo ein. Natürlich darf auch Kroko nicht fehlen.

„Oh, wie ich Kroko vermisst habe ...", schwärmt Clara.

„Ach, und mich nicht?", mache ich mich lustig.

„Natürlich, dich habe ich unendlich vermisst. Aber Kroko war ebenso oft dabei im Sommer. Weißt du noch, als wir versucht haben, unser Eis auf Kroko im Schwimmbad zu essen, und dann natürlich ins Wasser gefallen sind, mitsamt unseren beiden Eis? Mann, war der Bademeister sauer. Wir haben erst gar nicht richtig verstanden, warum. Bis sie das ganze Becken geräumt und das Wasser abgelassen haben", kichert Clara.

„Oh ja! Und erinnerst du dich noch, wie sicher wir waren, dass wir trocken bleiben, wenn wir uns im Planschi auf Kroko setzen? Und dann waren unsere Kleider total nass und unsere Frisuren ruiniert, als wir auf Tante Inges Geburtstag waren", lache ich.

„Oh ja! Und was du für ein Theater gemacht hast, als wir Kroko im Schwimmbad vergessen haben ... Du hast geweint und geschrien, dass du nicht schlafen könntest, wenn Kroko noch im Schwimmbad ohne dich ist. Dann hat dein Papa den Bademeister nach der Öffnungszeit überredet, ihn noch mal reinzulassen, um Kroko zu suchen", erinnert mich Clara.

„Oh weh, ja, da war Papa ganz schön am Rand. Und weißt du, was lustig ist? Papa hat Kroko eigentlich nur für mich gekauft, weil ich im Urlaub nicht ins Meer wollte. Er hätte wohl nie gedacht, dass er mich so lange begleiten wird", sage ich.

„Ach echt? Das wusste ich gar nicht. Deshalb musste dein Papa ihn auch immer flicken, wenn mal ein Loch drin war... Weißt du noch, das Loch?", sagt Clara und zeigt auf einen der großen Fahrradflicken. „Das war von Lotte, als sie noch ein Welpe war und du sie unbedingt mit auf Kroko nehmen wolltest", erinnert sich Clara.

„Ja, das waren noch Zeiten", lächle ich. „Na komm, lass uns losgehen, sonst lohnt es sich ja gar nicht mehr. Es ist schon bald eins und um vier kommen die Gäste."

Als wir am See ankommen, sehe ich Franzi und Toni schon von Weitem. Sie spielen wieder Beachball. Franzi winkt mir zu, ich winke zurück.

„Wer ist das?", fragt Clara neugierig.

„Das ist Franzi, Tonis Zwillingsschwester. Sie ist in der Parallelklasse bei den Flederninchen. Sie ist meganett, ganz anders als Toni. Sie kann Karate und hat echt vor nichts und niemandem Angst", erkläre ich Clara.

„Ah, die, von der du erzählt hast, die die Tasche von deiner Nachbarin zurückgeholt hat?", fragt Clara weiter.

„Genau die", antworte ich und hoffe, dass sie mich jetzt nicht fragt, wer der Typ bei Franzi ist.

Da steht Franzi schon neben uns. Ihre Sommersprossen leuchten in der Sonne, die hätten gut zu unserer Beach-Deko gepasst.

„Hey", sagt sie fröhlich wie immer, „bist du gar nicht am Geburtstagfeiern?"

„Woher weißt du denn das?", wundere ich mich.

„Wir sind am Wochenende bei Onkel Karl, unsere Eltern haben Schicht und er sagte, dass er beim Geburtstag deiner Mutter eingeladen ist. Das heißt, wir sehen uns später. Ich freue mich schon drauf", erzählt uns Franzi.

„Ach, du kommst auch?", frage ich vorsichtig, denn das bedeutet wahrscheinlich, dass auch Toni mitkommt.

„Ja, Toni und ich kommen beide mit, das ist doch okay für dich, oder?", fragt Franzi.

„Ja, das ist doch okay für dich?", kichert Clara.

„Ähm ja, ich freue mich, wenn du kommst", antworte ich zögerlich.

„Cool, dann bis später. Ich muss jetzt noch meinen Bruder im Beachball fertigmachen, um ihm zu zeigen, wer die Chefin unter uns Zwillingen ist", lacht Franzi, dreht sich um und geht wieder zu Toni zurück.

„Das ist also Toni…", fragt Clara, wobei es keine richtige Frage ist, eher eine Feststellung.

„Mhhh, jaaaa", antworte ich und merke, dass ich rot werde.

„Gehen wir jetzt ins Wasser?", versuche ich abzulenken.

Doch leider kennt Clara mich viel zu gut.

„Das bedeutet also, dass Toni heute Nachmittag auch kommt. Das wird ja lustig. Und Anna und Lilli kommen auch. Mensch, du Arme", sagt Clara inzwischen ganz mitleidig, denn sie kann sich vorstellen, dass ich so gar keinen

Bock darauf habe, alle auf einem Haufen und dann noch bei mir zu Hause zu haben.

„Na komm, wir gehen jetzt erst mal schwimmen. Wir müssen uns ja heute nicht den Kopf von morgen zerbrechen", schlägt Clara vor.

„Gute Idee", antworte ich, atme tief ein und aus, schnappe mir Kroko und laufe zum Wasser.

„Wer zuerst im Wasser ist", rufe ich Clara zu.

„Das ist unfair", ruft Clara lachend und sprintet los.

Natürlich hat Clara mich überholt. Ich hatte ja schließlich noch Kroko unter dem Arm. Im Wasser ist es fast wie früher. Jetzt, wo Clara da ist, merke ich noch mehr, wie sehr ich sie in den letzten Wochen vermisst habe. Mit ihr ist einfach alles gleich viel besser, viel lustiger und viel einfacher.

Während wir auf unseren Handtüchern liegen, uns lustige Geschichten von früher erzählen und Clara mich auf den neuesten Stand bringt, was unsere Hamburger Clique und die Klasse angeht, schlendert plötzlich Toni an uns vorbei und bleibt kurz stehen: „Bis später, Beautys. Ich freue mich auf euch. Ja, auch auf dich, unbekannte Schönheit", haucht er Clara zu, die sich direkt schütteln muss.

Ich muss lachen.

„Lasst euch nicht von meinem Bruder einlullen. Er schaut

einfach zu viele Filme", ruft uns Franzi zu und zieht ihren Bruder weiter.

Wie peinlich. Was fand ich nur an dem? Was muss Clara jetzt von mir denken.

„Weißt du ... das Gute daran ist, dass es dir jetzt peinlich ist, dass du mal in ihn verknallt warst. Deswegen kannst du das heute Nachmittag ganz locker angehen. Dann ist da eben ein Idiot auf dem Geburtstag, na und? Dafür sind auch jede Menge nette Leute da. Wärst du immer noch in ihn verschossen, wäre es viel schlimmer", beruhigt mich Clara.

Und wieder einmal hat sie recht. Was juckt es mich? Er ist eben der Neffe unseres Nachbarn und kommt auch zu Mamas Geburtstag. Aber ich finde ihn nur noch peinlich und nervig, es macht nichts mehr mit mir. Ich will gar nicht mit ihm gehen. Und Clara ist da, Franzi kommt, Anna und Lilli kommen auch und sogar Dunja, die ich echt mag. Auch wenn sie ein bisschen streberartig ist, finde ich sie echt nett.

„Ach Clara, du hast so recht! Danke, du sagst einfach immer genau das Richtige. Wir machen es uns einfach schön! Der kann mich mal von hinten betrachten! Ich hab dich lieb, Clara", antworte ich erleichtert.

„Ich dich auch, Süße."

Als wir zu Hause ankommen, ist schon Omas Freundin Hannelore mit ihrer neuen Freundin Rita da, die um eiiiniges jünger ist als sie. Aber ich will mal nicht spießig sein – wo die Liebe eben hinfällt. Auch Steffen, Leo und Mara sind schon wieder zurück. Nur Mama, Papa und Eva fehlen noch.

„Wo habt ihr Mama und Papa gelassen?", frage ich Leo.

„Die räumen noch das Boot zusammen", antwortet Steffen.

„Hey, meine Große, du bist ja schon wieder gewachsen", begrüßt mich Omimi Hannelore.

„Na ja, geht so. Schau dir mal Leo an, der ist riesig geworden. Schön, dass du da bist, Omimi!", antworte ich und drücke sie ganz fest.

„Darf ich vorstellen, das ist Rita, der neue Stern an meinem Lebenshimmel", stellt Omimi Hannelore ihre neue Freundin vor. „Und das ist Lina, die Enkelin meiner besten Freundin Heide. Also meine Ersatzenkelin, die Tochter von meiner Ersatztochter."

„Freut mich", haucht Rita leise und streckt mir ihre Hand entgegen.

„Mich auch", antworte ich etwas verlegen.

Sie sieht wirklich viel jünger aus. Ich muss Oma Heide später mal fragen, wo Omimi sie aufgegabelt hat. Omimi ist wirklich wie meine zweite Oma. Nachdem Opa, also Oma Heides Mann, früh gestorben ist, haben die beiden in einer Zweier-WG gewohnt, bis sie die dann später mit weiteren

Freundinnen vergrößert haben. Eigentlich dachte ich lange, die beiden seien ein Paar, aber sie waren immer nur Freundinnen – das sagen sie zumindest. Und dann gab es ja auch noch Omimis große Liebe Gudrun. Aber Gudrun und Omimi haben nie zusammengewohnt. Gudrun sagte immer, dann geht die Liebe kaputt. Ich bin froh, dass Mama und Papa zusammenwohnen, ich würde auf keinen von beiden verzichten wollen.

„Hallo, alle zusammen!", ruft Mama von der Tür.

„Komm, wir hängen schnell die nassen Sachen auf die Leine und ziehen uns um", flüstere ich Clara zu, während ich sie nach oben ziehe. „Bevor der Trubel richtig losgeht und wir zu nichts mehr kommen", erkläre ich auf der Treppe.

Clara nickt und läuft mir hinterher.

Wir verstehen uns einfach blind. Das mag ich so an Clara. Ich muss nicht bitten oder betteln, nicht argumentieren und nicht streiten. Wir sind irgendwie eins und doch zwei. Smiley, ohne Zusatz.

Als wir runterkommen, sind schon die ersten Gäste da, das Buffet ist auch schon eröffnet. Papa steht am Grill und es gibt unendlich viele Sorten Eistee und dazu noch weitere Sommerdrinks, die Mama für ihr neues Buch kreiert hat.

So langsam habe ich Hunger.

„Hunger?", fragt mich Clara.

„Mhhh", nicke ich, während ich schaue, wer schon da ist.

Bisher sehe ich aber nur Mamas Freundinnen und Freunde und einen Freund von Leo aus der Schule, den kenne ich nur vom Sehen.

„Dann lass uns mal das Buffet stürmen!", fordert mich Clara auf.

„Gern", murmle ich abgelenkt und beobachte das Treiben im Garten.

„Da kommen Anna und Lilli. Komm, ich stelle euch vor", sage ich zu Clara und ziehe sie Richtung Gartentor. Während ich die drei einander vorstelle, kommt auch Dunja mit ihren Eltern. Ich schnappe mir Dunjas Hand, bevor sie an mir vorbeikann, und stelle sie ebenso vor. Als wir endlich zusammen zum Buffet wollen, kommt Herr Uwe mit Franzi und Toni.

„Franzi muss ich ja nicht vorstellen, ihr kennt sie schon alle. Na ja, und das ist Toni, ihr Bruder", stelle ich Dunja und Toni einander vor und hüpfe Richtung Buffet. Toni bleibt verdattert stehen, Clara hüpft mir hinterher und auch die anderen vier laufen uns nach. Wir holen uns alle etwas zu essen und setzen uns auf eine Decke ins Gras, wie bei einem Picknick. Nur Toni bleibt neben dem Buffet stehen und weiß offenbar nicht so recht, wohin mit sich. Jetzt tut er mir fast leid und ich schaue Clara zögerlich an. Sie nickt mir nur zu und ich rufe: „Toni, komm, setz dich doch zu uns!"

Er überlegt kurz und kommt dann langsam zu uns.

„Macht mal Platz", sage ich zu den anderen und wir rücken alle zusammen, damit Toni sich zu uns setzen kann.

Anna schiebt ihre knallrote Brille die Nase hoch und sieht mich fragend an, aber ich reagiere nicht darauf. Was soll ich auch sagen.

„Woher kennt ihr euch eigentlich?", fragt Lilli Clara neugierig.

„Na, wie gesagt, bin ich mit Clara in Hamburg aufgewachsen, unsere Mütter sind schon ewig beste Freundinnen. Claras Mum ist Fotografin und hat meine Mutter für ihr erstes Kochbuch fotografiert, seitdem sind sie beste Freundinnen. Inzwischen ist Eva, also Claras Mum, eine richtige Starfotografin und fotografiert nur noch die ganz Berühmten – und meine Mum", erkläre ich stolz.

Clara ist ein wenig verlegen, sagt aber nichts.

„Oha", entfährt es Toni, „eine Starfotografin. Dann kann sie mich ja auch mal fotografieren." Er posiert mit seinem Besteck auf der Decke, wie peinlich.

„Sag Bescheid, wenn dein Anfall vorbei ist", lacht Franzi und wir anderen müssen auch lachen.

Toni wird rot.

Innerlich lache und klatsche ich, aber äußerlich gebe

ich mich cool und gleichgültig. Es ist alles so viel einfacher, wenn Clara da ist ...

„Und wie heißt ihr auf Insta?", fragt Lilli, die schon wieder ihr Handy in der Hand hat. Nervig, das ist doch eine Geburtstagsfeier und keine Instagram-Party.

„Ich bin nicht auf Instagram, aber du kannst mir im echten Leben zum Buffet folgen", antwortet Clara grinsend und steht auf. „Lina, soll ich dir was mitbringen?", fragt mich Clara.

„Überrasch mich", antworte ich und lächle sie an.

„Ich komme mit", ruft Franzi und springt auf.

Während die beiden wieder zum Buffet gehen, steckt Lilli ihr Handy weg und verzieht das Gesicht.

„Hast du deine Eltern schon wegen Karate gefragt?", fragt mich Dunja und ich bin überrascht.

Ich hatte eigentlich den Eindruck, dass sie gar keine Lust hat.

„Noch nicht, aber ich denke nicht, dass meine Eltern was dagegen haben, und du?", frage ich.

„Meine Mutter hat Ja gesagt, sie bespricht das aber noch mit meinem Vater, aber das klappt bestimmt."

„Cool! Dann spreche ich morgen auch direkt mit meinen Eltern, vielleicht können wir schon am Dienstag zum Probetraining", antworte ich.

„Karate?", fragt Lilli neugierig und wirft ihre blonden

Locken zurück. „Wieso wollt ihr denn zum Karate?"

Dunja erzählt ihr die ganze Geschichte vom See, inklusive der coolen Reaktion von Franzi.

„Wow, vielleicht sollte ich auch zum Karate gehen", kommentiert Lilli die Geschichte.

„Ich habe dir Quinoa-Salat und eine Waffel mitgebracht", sagt Clara zu mir, während sie sich wieder setzt. Sie kennt mich einfach zu gut, ich muss lächeln.

„Dunja hat von der Geschichte am See mit den zwei Fieslingen erzählt. Respekt, Franzi!", sagt Lilli anerkennend zu Franzi.

„Ach, das ist nicht der Rede wert", winkt Franzi ab. „Ich hasse einfach Ungerechtigkeit, da kann ich meine Klappe nicht halten."

Ich will gerade etwas sagen, da schaut Anna zum Gartentor und verdreht die Augen.

„Oh, da ist mein Kindermädchen ja schon", sagt sie. „Ich wollte gerade aufstehen und mir noch etwas zu essen zu holen."

„Was macht sie denn hier?", frage ich etwas verdutzt.

„Na, eigentlich bin ich am Wochenende bei meinem Vater, aber der muss arbeiten, und Mama ist auf einem Retreat. Daher soll mich mein Kindermädchen abholen und heimbringen. Aber eigentlich erst um sieben… Hier drüben!", ruft Anna und winkt ihr Kindermädchen zu uns, während sie auf- und abhüpft.

„Hey", sagt Annas Kindermädchen, die inzwischen zu uns rübergekommen ist.

„Du bist aber früh, wir hatten doch sieben Uhr ausgemacht", antwortet Anna überrascht.

„Mh, ja, ich bin heute Abend noch auf eine Party eingeladen und habe versprochen, dass ich helfe, die Anlage aufzubauen. Daher muss ich schon früher los. Sorry!"

„Aber es ist erst fünf! Deine Partys starten doch bestimmt nicht vor Mitternacht!", mault Anna ärgerlich.

„Wer ist denn dann bei dir zu Hause, wenn dein Vater arbeitet und deine Mutter auf dem Retreat ist?", frage ich überrascht.

„Mein Dad kommt heute spät abends schon irgendwann nach Hause, aber bis dahin bin ich allein. Aber das ist nicht schlimm, ich bin das gewohnt", antwortet Anna teilnahmslos und offensichtlich enttäuscht.

„Willst du bei mir schlafen?", fragt Lilli. „Dann kannst du noch bis abends bleiben. Allerdings muss ich allein nach Hause fahren, mich holt niemand ab. Meine Eltern müssen sich um meinen Opa kümmern, der kann leider nicht mehr allein bleiben, seit er Alzheimer hat", erzählt Lilli und bietet Anna einen Ausweg an.

„Meinst du denn, das geht?", fragt Anna hoffnungsvoll.

„Warte, ich check das kurz und sage dir gleich

Bescheid", antwortet Lilli, während sie ihr Handy rausholt und ihre Eltern anruft. Zwei Minuten später ruft sie freudestrahlend: „Geht klar!" Und Anna kann wieder lächeln.

„Na toll! Dann hätte ich ja nicht extra so weit rausfahren müssen. Das lasse ich mir aber trotzdem bezahlen", meckert Annas Kindermädchen, dreht sich um und will gehen.

„Du kannst ja erst noch was essen und trinken, bevor du gehst. Dann war die Fahrt nicht ganz umsonst", biete ich ihr an.

„Ach, warum eigentlich nicht, ich habe sowieso noch nichts gegessen heute. Danke dir, Lisa", sagt sie zu mir. „Lina", korrigiere ich sie. Doch da ist sie schon auf dem Weg zum Grill und wird von Oma in ein Gespräch verwickelt.

„Lina, bist du so lieb und kümmerst dich mal um etwas Musik?", bittet mich Mama.

„Klar, für dich immer! Was möchtest du denn hören?", frage ich.

„Was Schönes", antwortet sie und begrüßt schon wieder jemanden, den ich gar nicht kenne.

„Hilfst du mir, Clara?"

161

„Na klar!", antwortet sie und springt auf.

Clara und ich holen meinen iPod und die Musikbox und stellen alles neben dem Buffet auf.

„Wollen wir unsere Tanz-Playlist anmachen?", fragt Clara.

„Zwei Freundinnen, ein Gedanke!", antworte ich freudig und mache die Liste an.

Aus dem Augenwinkel beobachte ich, wie Toni Fotos mit Dunja macht. Er wird sie doch nicht auch noch anbaggern... Na ja, egal.

Jetzt läuft *Better* von Lena, da müssen Clara und ich erst mal mitsingen. Ich sehe, wie Anna und Lilli uns beobachten, aber heute ist mir alles egal. Ich will die Zeit mit Clara genießen. Dann kommen die beiden zu uns rüber und singen ebenfalls mit. Oma Heide kommt mit Rita dazu und die beiden beginnen zu tanzen. Auch Steffen und Mara sind dabei. Seit Steffen Vater geworden ist, sieht man ihn wirklich gar nicht mehr ohne Mara. Aber Maras Mutter hat die beiden auch kurz nach der Geburt verlassen und ist nach Kanada ausgewandert. Komische Geschichte. Steffen scheint es nichts auszumachen, dass er seine kleine Tochter immer und überall mitnehmen muss.

Plötzlich kreischt Anna laut, während sie mit Lilli auf ihr Handy schaut. Die beiden winken mich aufgeregt zu sich herüber.

„Was gibt es denn?", frage ich leicht genervt, weil sie schon wieder an ihren Smartphones kleben.

„Schau mal", sagt Anna, schiebt ihre Brille zurück auf die Nase und gibt mir ihr Handy. Da sehe ich ein Foto von Dunja und Toni auf seinem Profil, Wange an Wange. Darunter steht: „Beauty und ich."

Echt jetzt ?!! Das kann nicht wahr sein. Schnell winke ich auch Dunja zu uns, die gerade mit Franzi bei den Getränken steht. Dunja kommt rüber, Franzi hinterher. Anna zeigt ihr kommentarlos das Handy.

„Wusstest du das?", frage ich Dunja.

Dunja antwortet: „Ja, er hat mich gefragt, ob er das Bild posten darf. Ist doch nichts dabei."

Ich überlege, ob ich Dunja die ganze Geschichte erzählen soll. Franzi verdreht die Augen: „Ich liebe meinen Bruder echt, aber er verliebt sich wirklich jeden Tag neu. Und jeden Tag ist es für immer. Bis zum nächsten Tag. Er ist ein totaler Kindskopf. Das wird ihn noch in echte Schwierigkeiten bringen."

„Das hat es schon", rutscht es Anna raus.

„Was meinst du?", fragen Franzi und Dunja gleichzeitig.

„Na ja, es hat wohl eher uns in Schwierigkeiten gebracht…", sagt sie leise und zeigt auf sich und Lilli.

„Raus mit der Sprache, was hat er denn jetzt schon wieder angestellt?", fragt Franzi ein wenig zu laut, sodass sich alle zu uns umdrehen.

„Nicht so laut", bitte ich sie.

„Kommt rüber auf die Decke, dann erzähle ich euch die Geschichte, wenn es für dich okay ist, Lina?", fragt mich Anna.

„Für mich ist das okay, es wissen ja sowieso schon alle. Aber bevor jemand fragt: Nein, ich bin nicht mehr in Toni verknallt. Das ist vorbei und ich bin wirklich froh drum!", antworte ich.

Auf der Decke erzählt Anna die ganze Geschichte, sie lässt wirklich nichts aus, nicht mal meinen peinlichen Auftritt am ersten Schultag.

Franzi muss lachen: „Typisch mein Bruder."

Dunja lächelt, aber ich merke, dass ihr die ganze Geschichte auch ein wenig peinlich ist.

Als Anna fertig ist, wispert Dunja mir zu: „Ich kann ihn bitten, das Foto zu löschen, wenn du magst. Ich möchte dich auf keinen Fall verletzen oder als Freundin verlieren."

„Nein, alles okay. Danke, dass du das sagst. Es macht mir nichts mehr aus. Für mich ist das Kapitel abgeschlossen", flüstere ich zurück.

„So, nachdem hier anscheinend alle schon mal in meinen Bruder verschossen waren und er in sie, können wir froh sein, dass wir noch Freundinnen sind. Was haltet ihr von einer Runde Wahrheit oder Pflicht, um das Ganze wieder etwas aufzulockern?", schlägt Franzi vor.

Alle sind einverstanden. Franzi fängt an, bekommt Pflicht und muss meinen Bruder zum Tanz auffordern. Der weiß gar nicht, wie ihm geschieht, und schaut sich um, ob ihn jemand beobachtet. Da sieht er uns alle kichern und winkt ab.

Lilli muss einen Tanz aufführen und lädt ihn bei Instagram in ihre Story hoch. Dunja und ich müssen seilhüpfen und es zehnmal schaffen, ohne zu stolpern. Clara muss sich Rosinen in die Nase stecken, zu Oma gehen und sagen, dass sie schlecht riechen kann, und so geht es weiter. Wir lachen die ganze Zeit und die Sorgen um Toni sind vergessen. Wo ist der eigentlich?

„Franzi, wo ist eigentlich dein Bruder?", frage ich.

„Der ist mit Onkel Uwe schon rübergegangen, für ihn war das nichts mit so viel Girl Energy", lacht sie.

„Wahrscheinlich muss er erst mal seine neue Liebe verkraften", lacht Lilli und zeigt auf Dunja.

„Lass sie", mische ich mich ein und nehme Dunja in den Arm.

„Voll schön, dass ihr hergezogen seid", wispert Dunja mir zu.

Ich drücke sie und sehe, dass Clara mich beobachtet.

„Wer will ein Eis?", frage ich in die Runde, während ich

aufspringe, über Lotte stolpere und voll zwischen Dunjas Eltern falle, die gerade tanzen.

„Heute keine Pizza?", lacht Malik und hilft mir auf. Oh no, wie peinlich!

„Also, wer will ein Eis?", frage ich grinsend und hochrot, als wäre nichts passiert.

„Ich!", rufen alle gleichzeitig.

„Dann auf in die Küche, mir nach", rufe ich, während ich mich bei Clara unterhake und mit ihr Richtung Küche hüpfe.

„Es freut mich, dass du hier so nette Freundinnen gefunden hast", flüstert Clara mir zu und drückt meine Hand.

„Danke, allerliebste Freundin", flüstere ich zurück und drücke ihre Hand ebenfalls.

Nachdem wir alle jede Menge Eis verdrückt haben, machen sich Lilli und Anna auf den Weg, sie müssen ja allein nach Hause. Ich bringe sie noch zum Gartentor.

„Schön, dass ihr da wart", sage ich zum Abschied.

„Danke für die Einladung, es war wirklich eine schöne Party", antwortet Lilli.

„Ja, das fand ich auch. Danke", sagt Anna.

Als ich mich umdrehe, steht Dunja vor mir: „Meine Eltern wollen jetzt auch los. Danke für den schönen Nachmittag."

„Schön, dass du da warst. Ich freue mich auf unser

Probetraining am Dienstag", antworte ich und zwinkere ihr zu.

Ich will gerade wieder zurück zu Clara, die mit Franzi, Leo und seinem Freund quatscht, da kommen auch Hannelore und Rita zum Gartentor.

„Wo wollt ihr denn hin?", frage ich sie.

„Wir gehen an den See, um eine Runde zu meditieren und die Chakren frei zu atmen", antwortet Rita.

„Aha", antworte ich mit fragendem Blick zu Omimi.

„Rita ist meine Yoga- und Meditationslehrerin. Seit ich sie kenne, bin ich viel mehr bei mir, und dazu gehören eben auch regelmäßige Meditations-, Yoga- und Atemsessions. Nach so einem aufregenden Tag tut es gut, mal zur Ruhe zu kommen", erklärt Omimi Hannelore mit einem Augenzwinkern und geht mit Rita durchs Tor.

Aha, ihre Yogalehrerin also. Deshalb ist sie halb so alt. Na ja, Omimi wird schon wissen, was sie tut. Etwas nachdenklich gehe ich zu Clara rüber und will ihr gerade die seltsame Geschichte von Omimi erzählen, da läuft *Shake it off* von Taylor Swift und Clara ruft: „Lina, *Shake it off*!"

Und ich weiß, jetzt ist Tanzen angesagt, nicht quatschen. Also tanzen wir, was das Zeug hält. Nach dem Lied müssen wir lachen, weil wir so außer Puste sind.

„Hey, ihr beiden", ruft Franzi. „Ich muss rüber zu Onkel Karl. Ich habe versprochen, dass ich nicht zu spät komme. Danke für die tolle Party. Ich freue mich, wenn wir uns Montag sehen. Vielleicht kommst du ja am Dienstag mit Dunja zum Probetraining", verabschiedet sie sich.

„Bis Montag und ja, ich denke schon, dass wir Dienstag kommen", antworte ich und drücke Franzi zum Abschied.

Ich weiß auch nicht, warum ich das gemacht habe. Irgendwie war mir danach.

„Wollen wir noch eine Runde tanzen?", frage ich Clara.

„Ehrlich gesagt bin ich ganz schön platt. Ich glaube, ich brauche mal eine Pause", antwortet sie.

„Wir können uns oben auf Mamas Terrasse legen und ein bisschen chillaxen. Da bekommen wir noch alles mit, aber sind für uns allein. Was hältst du davon?", schlage ich vor.

„Au ja!" Wir machen es uns also auf der Terrasse vor dem Schlafzimmer von Mama und Papa in ihren superbequemen Gartenstühlen gemütlich und quatschen über Gott und die Welt.

„Schau mal, die Sterne", haucht Clara.

„Ja, schön oder?", murmle ich.

„Wollen wir mal wieder runtergehen? Mir wird langsam kalt. Die Musik ist auch nur noch ganz leise, es wird schon ganz schön spät sein, denke ich", schlägt Clara vor.

„Klar, lass uns gehen und schauen, ob noch Melone

übrig ist. Ich könnte noch was vertragen", kichere ich und streiche mir über meinen Bauch.

Als wir runterkommen, sind nur noch Mama, Papa, Oma, Eva und Steffen, der seine kleine schlafende Tochter auf dem Schoß hat, im Garten.

„Ihr seid noch wach?", fragt Mama erstaunt.

„Ja, wir waren oben auf deiner Terrasse und haben gequatscht", antworte ich und zucke mit den Schultern. „Gibt es noch Melone?"

„Schau mal am Buffet", antwortet Mama, „aber dann macht euch bitte schnell bettfertig, es ist schon fast Mitternacht und morgen ist Schule."

„Muss ich denn morgen in die Schule, wenn Clara noch da ist?", versuche ich es.

„Leider ja, mein Schatz. Ihr seht euch ja in den Sommerferien wieder. Da fahren wir alle zusammen nach Dänemark", antwortet Mama liebevoll, aber bestimmt.

„Das sind aber noch sechs Wochen ...! Wie soll ich die ohne Clara überleben?", maule ich.

„Wir haben jetzt eben eine Fernfreundschaft", witzelt Clara.

„Mhhhh, ich schaue mal nach der Melone", murre ich weiter.

„Keine Melone mehr ... Dann gehen wir jetzt nach oben."

„Macht euch bitte bettfertig und dann schlaft schnell.

Jetzt ist es wirklich Zeit für euch, sonst kommt ihr morgen nicht aus dem Bett", sagt Mama noch, während Clara und ich wieder nach oben schleichen.

„Als ob ich jetzt schlafen könnte, wenn ich weiß, dass du morgen wieder fahren musst", motze ich vor mich hin.

„Ach komm, die sechs Wochen gehen schnell rum. Du erlebst hier wenigstens immer was Neues, ich muss mich mit den alten langweiligen Leuties rumplagen. Und mit Svenja spielen", versucht Clara mich zu beschwichtigen.

Wir umarmen uns und ziehen dann unsere Schlafanzüge an. Während wir uns die Zähne putzen, denke ich über die kommende Woche nach. Die Präsentation der Projekte, das Karate-Probetraining, ein Termin beim Kieferorthopäden. Und das alles ohne Clara ... Clara fängt plötzlich wieder an zu tanzen und singt *Shake it off*. Ich muss lachen und tanze mit.

Als wir im Bett liegen, fallen mir sofort die Augen zu, so müde bin ich. Eigentlich wollte ich mit Clara die Nacht durchquatschen, aber ... zzzz.

Kapitel 17
Karate, Klopapier und Klassenrat

Franzi und ich warten vor der Schule auf Dunja. Ich schaue schon wieder auf meine Uhr. Ob sie uns vergessen hat? Wir wollten uns doch hier treffen. Da braust das Auto ihrer Mutter an. Hoppla, die fährt aber schnell, genau wie Mama. Dunja springt raus, winkt ihrer Mutter zum Abschied und sagt: „Entschuldigung! Ich hatte meine Sportsachen vergessen und musste noch mal nach Hause."

„Kein Problem, wir haben noch genug Zeit", beruhigt Franzi uns und läuft los Richtung Karateschule.

Als wir im Dojo, so nennt man Karateschulen, erklärt uns Franzi, ankommen, sind schon einige Mädchen in der Umkleidekabine.

„Es klingt hier wie im Gänsestall", lacht Dunja und hält sich direkt den Mund zu, als sich drei Mädchen zu uns umdrehen und uns fragend anschauen.

„Ja, so ist das, wenn nur Mädchen zusammen trainieren", kichert Franzi. „Kommt, wir gehen zu Sarah, unserer Trainerin, dann kann ich euch vorstellen und ihr könnt euch in die Liste eintragen."

Franzi führt uns in die Halle und stellt uns Sarah vor. Sie ist supernett und noch total jung. Sie führt uns einmal rum, erklärt alles und deutet dann auf eine Bank, auf der wir warten sollen, bis es losgeht. Mann, ich bin ganz schön aufgeregt. Ob ich das alles kann? Und was ist, wenn ich mich doof anstelle?

„Heute haben wir zwei neue Mädchen bei uns: Linda und Dunja!", stellt Sarah uns vor.

„Lina und Dunja", korrigiert Dunja sie.

„Oje, bitte entschuldigt, Lina und Dunja. Mädels, bitte begrüßt sie und helft ihnen, sich gut zurechtzufinden. Wir starten in zwei Reihen mit einer kleinen Meditation zum Ankommen und Fokussieren. Bitte nehmt euch ein Kissen, eine kleine Bank oder setzt euch einfach auf die Matte, wie es für euch am besten ist. Dann schließt die Augen und lasst euch von mir durch die Meditation führen", erklärt Sarah.

Ich nehme mir ein Kissen, die sehen besonders bequem aus, und setze mich neben Dunja, die sich eine kleine Bank ausgesucht hat. Dann schließe ich die Augen. Spannend, so etwas habe ich noch nie gemacht. Ich habe mir eine Karatestunde ganz anders vorgestellt. Plötzlich startet leise Musik mit Vogelgezwitscher und Meeresrauschen.

Sarah startet: „Kommt ganz im Hier und Jetzt an. Atmet tief durch die Nase ein, ganz langsam, und dann langsam durch die Nase wieder aus. Versucht bei jedem Atemzug, etwas langsamer zu werden. Beobachtet, wie die kalte Luft beim Einatmen in die Nase einströmt und die etwas wärmere Luft beim Ausatmen wieder ausströmt. Atmet tief in euren Bauch und beobachtet, wie der Atem von der Nase bis in den Bauch strömt. Beobachtet, ob ihr spüren könnt, wie der Atem immer langsamer wird und ihr ruhiger werdet. Atmet langsam durch die Nase ein und wieder aus, ganz langsam, bis in den Bauch. Jetzt versucht ihr, bis in die Fußspitzen zu atmen. Atmet ganz tief ein, durch die Nase, den Hals, den Brustraum, bis in den Bauch und weiter ins Gesäß, in die Oberschenkel, Unterschenkel, bis in die Füße. Und wenn der Atem in den Zehen kribbelt, dann atmet ganz langsam wieder aus, von den Zehen über die Füße, die Beine, das Gesäß, den Bauch, den Brustkorb, den Hals, die Nase. Und noch einmal ganz tief bis in die Fingerspitzen, durch die Nase, über den Hals, den Brustkorb, in den Bauch, den Rücken, die Schultern, in die Oberarme, die Unterarme, bis in die Hände. Und wenn es in den Fingerspitzen kribbelt, atmet wieder den gleichen Weg zurück, von den Händen, über die Arme, ganz langsam in die Schultern, den Rücken runter, nach vorne zum Bauch, in den Brustkorb, in den Hals, wieder aus der Nase aus. Für alle, die schon länger dabei sind: Versucht einmal, den Atem überall im Körper zu verteilen, bis in die Finger- und Fußspitzen. Alle anderen atmen noch mal bis zu den Füßen oder zu den Fingern, und wenn es euch schwerfällt, macht einfach noch einmal vier tiefe Atemzüge durch die Nase und beobachtet die Luft, wie sie durch die Nase ein- und ausströmt... ganz langsam. Mmmmhhhhh..." Jetzt summt sie.

Wow, so etwas habe ich noch nie erlebt, ich habe es zwar nicht wirklich geschafft, in die Füße und in die Hände zu atmen, aber ich habe es mir vorgestellt. Und das Krasse ist, ich bin gar nicht mehr aufgeregt. Im Gegenteil, ehrlich gesagt könnte ich jetzt direkt einschlafen.

„So, dann kommt langsam wieder bei mir an und öffnet langsam die Augen. Streckt euch mal, wenn ihr so weit seid, räumt die Kissen und die Bänkchen weg, und dann starten wir direkt mit dem Aufwärmen und Dehnen", unterbricht Sarah meine Gedanken. Wir machen Hampelmänner, Liegestützen, na ja ich versuche es, springen aus der Hocke in die Höhe, rennen von Wand zu Wand, lassen die Hüften kreisen und dehnen Arme, Beine und auch die Seiten. Mann, ich bin jetzt schon groggy. Aber es ist erst eine halbe Stunde rum und das Training geht noch eine ganze Stunde. Ich weiß nicht, ob ich das schaffe, und schaue Dunja an, die auch schon ganz schön aus der Puste ist.

„Findet euch jetzt zu zweit zusammen. Dunja und Lina, teilt euch bitte auf, sodass ihr beide eine erfahrene Partnerin habt", weist Sarah uns an. Franzi kommt direkt zu mir, zu Dunja geht ein Mädchen mit blonden, kurzen Haaren und lustigen Sommersprossen.

„Stellt euch einander gegenüber und bewegt eure Arme und Beine schnell, so als würdet ihr schnell rennen und schnell boxen, aber so, dass ihr euer Gegenüber nicht berührt. Bitte haltet genügend Abstand, es dürfen aber auch nicht mehr als fünf Zentimeter Abstand zwischen euch sein, wenn ihr die Arme ausstreckt. So bekommt ihr ein Gefühl für die Länge eurer Arme und für euren Körper", leitet Sarah uns an.

Nach einer gefühlten Ewigkeit sagt sie: „So, jetzt schüttelt Arme und Beine aus und geht abwechselnd zusammen einen Schritt vor und einen Schritt zurück. Sprecht euch ab: Immer diejenige, die einen Schritt vorgeht, geht danach zurück, und umgekehrt. Ihr spiegelt euch quasi. Komm, Kim, wir machen es einmal für die Neueren vor."

Ich habe mir das wirklich ganz anders vorgestellt, so mit richtig kämpfen und so.

„Jetzt üben wir Kicks, ich mache es euch vor. Versucht, mit dem Fuß über den Gürtel zu treten, jede Seite zwanzigmal, genau so, Franzi. Wer fertig ist, kann schon mit den Zukis beginnen, auch hier jede Seite zwanzigmal und immer abwechselnd", weist Sarah uns an.

Puh, bin ich platt. Hoffentlich müssen wir nicht noch kämpfen.

„Dann kommen noch die Age Uke. Kim und Mia, macht sie mal vor, bitte. Ja, genau so. Dann bitte alle", erklärt Sarah die nächste Übung, geht rum und korrigiert.

„Dann macht bitte einmal die Soto Uke für alle Neuen vor, Mia und Kim, perfekt. Wunderbar und jetzt alle je zwanzigmal, ich komme zu euch."

Wow, das ist echt anstrengend.

„So, jetzt noch eine Runde Utchi Uke. Mia, komm mal zu mir, wir machen es vor. Genau so, je zwanzig, ich komme rum. Ja, gut so, Lina. Langsamer, Greta, Geduld und Anspannung. Fokussiere und konzentriere dich auf dein Gegenüber", sagt Sarah. „Kommt bitte alle noch mal zusammen. Trinkt mal etwas, wir machen eine kleine Pause und dann können die Anfängerinnen noch mal das Gelernte üben und die Fortgeschrittenen machen mit mir eine schnellere Abfolge und ein paar andere Übungen. Ich gehe rum und helfe euch", ruft Sarah.

Ich bin total alle. Wir trinken etwas und dann geht Franzi zu den anderen rüber. Dunja und ich sind jetzt zusammen.

„Dachtest du, dass das so anstrengend ist?", frage ich sie.

„Nein, aber es macht mir irre viel Spaß!", lacht Dunja.

Na ja, Spaß … Wir starten noch mal von vorne. Als wir die Schritte vor und zurück machen sollen, bin ich so unkonzentriert, da ich nebenbei bei den Fortgeschrittenen zuschaue. Ich gehe einen Schritt vor, als ich zurücksoll. Zu spät, ich knalle volle Kanone mit dem Kopf gegen Dunjas und wir beide fallen hin. Au, das hat wehgetan! Drüben kichern zwei von den Fortgeschrittenen.

„Marie und Matilda! Hier wird niemand ausgelacht. Ihr dürft jetzt zehn Strafrunden rennen und heute alleine die Matten wegräumen!", schimpft Sarah, während sie zu uns rüberkommt. Dunja und ich reiben uns immer noch die Köpfe.

„Entschuldige bitte, ich war unkonzentriert", sage ich zu Dunja.

„Alles gut, das kann jeder passieren", flüstert sie noch etwas außer Atem.

„Alles okay bei euch?", fragt Sarah.

„Ja, es geht schon", antworte ich.

„Setzt euch mal an den Rand und trinkt was, wir machen sowieso gleich unser Abschlussritual", sagt Sarah und streicht uns beiden sanft über den Kopf. Sarah ist echt lieb.

„Dann kommt noch mal zusammen in einen Kreis, nehmt gerne euer Trinken mit und setzt euch zu unserem

Abschlussritual. Wofür seid ihr heute dankbar, was ist euch besonders gut gelungen und was möchtet ihr noch verbessern? Franzi, fang du an und wirf dann den Ball weiter", leitet uns Sarah an.

„Ich bin dankbar dafür, dass wir zwei tolle neue Mädels in der Gruppe haben. Ich konnte heute zum ersten Mal bei der Meditation in Füße und Hände atmen, das war cool. Und ich möchte meine Koordination bei den schnellen Übungen noch verbessern", antwortet Franzi und wirft den Ball weiter.

Als der Ball bei mir ankommt, sage ich: „Ich bin dankbar, dass ich das Training geschafft und überlebt habe." Dabei muss ich ein wenig kichern. „Das mit dem Atmen ist mir bis zum Bauch gut gelungen, und es hat mir auch geholfen, dass ich nicht mehr aufgeregt war. Ich möchte meine Koordination verbessern, da brauche ich noch mehr Training." Ich werfe den Ball zu Dunja.

„Ich bin dankbar, dass Franzi mich hierher eingeladen hat, gut ist mir alles mit den Armen gelungen, meine Beine können noch schneller werden", antwortet sie und wirft den Ball weiter. So geht es einmal im Kreis.

Zum Abschluss sagt Sarah: „Es ist mir wichtig, dass das hier ein geschützter Raum unter euch Mädchen ist. Ihr lernt hier, euch zu verteidigen. Ich möchte, dass ihr euch unterstützt. Hier wird niemand ausgelacht. Ich hoffe, das ist euch klar."

„Es tut mir leid, das war nicht böse gemeint", sagt Marie, und Matilda entschuldigt sich ebenfalls.

„Gut, dann dürft ihr beiden heute die Matten aufräumen und alle können sich zum Abschluss noch etwas aus der Obstkiste nehmen. Bis Freitag oder nächste Woche", sagt Sarah zum Abschied. Ich nehme mir eine Nektarine, Dunja nimmt sich eine Banane, Franzi einen Apfel. Wir ziehen uns um, trinken noch etwas und essen draußen unser Obst zusammen.

„Und? Kommt ihr wieder?", fragt Franzi.

„Auf jeden Fall!", antwortet Dunja sofort.

„Ich muss mir das noch mal überlegen. Es war ganz schön anstrengend", antworte ich zögerlich.

„Ach, komm schon!", versucht Dunja mich zu überreden. Ich zögere und suche nach einer Ausrede. Da kommt Mama mit dem Auto, um uns abzuholen – puh, Glück gehabt. Wir verabschieden uns von Franzi und springen ins Auto. Mama fragt uns natürlich direkt über das Probetraining aus und Dunja erzählt aufgeregt jede Kleinigkeit, von der Meditation bis zu unserem Zusammenprall. Mama muss lachen, aber Dunja schmückt unseren Sturz auch mächtig aus. Zu Hause angekommen, verabschiedet sich Dunja fröhlich von mir und sagt noch: „Bitte bleib dabei! Ich würde das wirklich gerne mit dir zusammen machen."

„Ich denk drüber nach", antworte ich.

„Klar machst du weiter", bekräftigt Mama mich. Als sie die Tür aufschließt, hören wir schon Leo von oben rufen: „MAMA! PAPA! SEID IHR DAAAAA?"

„Ja, mein Schatz, was gibt es denn?", ruft Mama die Treppe hoch.

„Kannst du bitte mal kommen?", ruft er weinerlich. Was er wohl hat … „Ich bin im Bad", kommt noch hinterher. Mama guckt besorgt, streift ihre Schuhe ab, stellt die Einkäufe in die Küche und rennt die Treppe hoch. Gefühlt eine Sekunde später ist sie wieder da, rennt in den Keller. Türen klappern, es knackt und Mama schimpft in einer Tour, da steht sie wieder vor mir.

„Lina, weißt du, wo unser Küchenpapier ist?", fragt sie mich.

„Warum? Was ist denn los?", frage ich verwirrt.

„Es hat mal wieder jemand die letzte Packung Klopapier aus dem Keller geholt, aber nichts gesagt. Jetzt ist es alle, Leo sitzt auf dem Klo und kann sich nicht sauber machen", schimpft sie weiter.

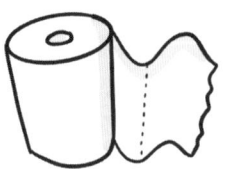 

Ich muss so lachen, dass ich mich fast nicht mehr halten kann.

„Echt jetzt?!! Wer geht denn aufs Klo, wenn da kein Toilettenpapier ist? Das sieht man doch!" Ich lache mich kringelig.

„Du bist echt keine Hilfe!", meckert Mama.

„Ich weiß wirklich nicht, wo die Küchenrolle ist, aber ich könnte eine Packung Taschentücher anbieten. Ich habe immer eine Packung in meinem Schulranzen", versuche ich zu helfen, weil Mama zunehmend genervt ist und Leo oben jammert.

„Oh, das wäre wirklich nett. Bringst du sie Leo? Ich zische noch mal los und besorge Klopapier", antwortet Mama erleichtert. „Und bitte räum die Einkäufe ein. Wenn ihr Hunger habt, gibt es noch selbst gemachte Pizza im Freezer, ansonsten bin ich in einer halben Stunde wieder da."

„Oh Mann, ich bin echt kaputt, Mama. Kann Leo die Einkäufe nicht einräumen?", versuche ich es, doch Mama ist schon weg. Ich hole die Taschentücher aus meinem Schulranzen, der neben der Gästetoilette steht. Vielleicht ist hier ja noch Klopapier? Ich schaue mal. Und ja, wirklich, da ist noch Klopapier, und zwar jede Menge. Da hätte Mama gar nicht noch mal losgemusst ... Egal. Ich lege die Taschentücher zurück, schnappe mir eine Rolle Klopapier und gehe nach oben.

„Herein", jammert Leo, als ich an der Badezimmertür klopfe.

„Hier, Klopapier. Mann, hier stinkt es ja, ich mache mal das Fenster auf", sage ich und reiche meinem Bruder die Rolle Klopapier.

„Das ist mein geringstes Problem. Weißt du, wie lange ich hier schon sitze?!", blafft er mich an. „Und jetzt raus hier!"

„Gern geschehen! Immer gerne!", antworte ich genervt und knalle die Tür zu. Der kann mich mal gernhaben, soll er doch in seinem eigenen Stink ersticken. Aber irgendwie ist es auch lustig, dass er auf der Toilette gefangen war. Ich muss schon wieder kichern. Eigentlich wollte ich duschen, aber ich glaube, das muss ich jetzt erst mal verschieben, bis der Stink raus ist, Augenzwinker-Smiley. Ich gehe in mein Zimmer und suche mein Handy. Jetzt rufe ich erst mal Clara an und erzähle ihr von Karate bis Klopapier meinen Tag.

Am nächsten Tag treffe ich Franzi in der Hofpause.

„Na, hast du dich erholt von gestern? Es war toll, dass ihr da wart. Ich würde mich freuen, wenn ihr dabeibleibt. Ich gehe dienstags und freitags, ihr könnt ja schauen, wann es euch besser passt", sagt sie und lächelt mich an.

„Ich denke drüber nach", antworte ich. „Du, ich muss

noch mal schnell auf die Toilette, bevor die Stunde wieder anfängt." Ich renne los und winke ihr zu. Anna und Lilli hinter mir her.

„Wo willst du hin?", fragt Lilli und streift sich ihre blonden Locken aus dem Gesicht.

„Ich muss mal und will nicht zu spät kommen", antworte ich und biege Richtung Toiletten ab.

„Okay, dann bis gleich", rufen Anna und Lilli gleichzeitig und laufen weiter Richtung Klassenraum.

Während ich pinkle, sehe ich, dass die Klopapierrolle leer ist. Echt jetzt ?!! Bitte nicht! Ich schaue nach hinten, nichts, keine Rolle Klopapier. Oh no. Bitte nicht. Bitte nicht jetzt. Was mache ich nur?

Ich rufe leise: „Ist da jemand?"

„Ja, hier", antwortet eine Stimme.

„Ich habe kein Toilettenpapier hier drin, kannst du mir welches aus einer anderen Toilette geben?", frage ich und merke, dass ich hochrot werde.

Wie peinlich. Habe ich gestern nicht Leo ausgelacht? Und jetzt passiert mir exakt das Gleiche. Wenn das Universum mal kein Schelm ist, würde Oma jetzt sagen. Karma ist halt ein Bumerang.

Da reicht mir eine Hand Papiertücher unter der Tür durch.

„Toilettenpapier habe ich keins gefunden, aber die hier.

Sind die letzten. Ich sage mal dem Hausmeister Bescheid",
sagt die Stimme und ich höre, wie meine Retterin geht.

Puh, gerade noch mal Glück gehabt. Nachdem ich mich
wieder angezogen habe, spüle ich und wasche mir die
Hände. Ich sehe mich im Spiegel an und stelle fest, dass
ich immer noch rot bin. Ich spritze mir etwas kaltes Wasser
ins Gesicht und renne zu unserem Klassenraum.

Mit dem letzten Gong schmeiße ich mich gerade noch
auf meinen Stuhl. Herr Schotter sitzt vorne mit seiner
Bitte nicht stören-Tasse und blättert in seinem Kalender.

Er ist wirklich ein toller Lehrer, aber manchmal auch ein
wenig eigenartig. Er kratzt sich am Kopf, trinkt einen
Schluck aus seiner Tasse und steht auf.

„So, liebe Labrafanten, heute steht mal wieder die
Klassenratswahl an. Wie ihr wisst, wählen wir alle zwei
Monate. Da das Schuljahr aber schon in sechs Wochen zu
Ende ist, sind die nächsten beiden Klassenratsleiter oder

Klassenratsleiterinnen nur sechs Wochen im Amt. Martha und Matilda, ihr wart die letzten beiden Monate dran und könnt für das nächste Mal nicht gewählt werden. Also, wer hat Vorschläge?", fragt Herr Schotter.

Ein paar Kinder melden sich.

„Martha?", ruft Herr Schotter Martha auf.

„Ich möchte Lina vorschlagen", sagt sie und lächelt mich an.

Ich? **Echt jetzt?!!** .•. Wieso ich, ich bin doch noch gar nicht lange in der Klasse? Ich merke, wie ich schon wieder knallrot werde. Es werden noch weitere Kinder vorgeschlagen, doch ich bin immer noch damit beschäftigt, mich zu beruhigen. Mann, bin ich aufgeregt – jetzt könnte ich diese Medi-Dingsbums-Atmung vom Karate brauchen, wie war das? Tief einatmen, in den Bauch ... Langsam atmen. Ich verschlucke mich, muss husten und da kommt auch schon ein Aufregungsrülps raus. *Echt jetzt*?!! Oh no, wie peinlich! Kann es noch peinlicher werden? Anna klopft mir auf den Rücken, da kommt noch ein Rülps, die Jungs lachen schon.

Toni fragt: „Brauchst du Hilfe?" Er grinst.

„Nöhö, gehet schohon", huste ich und sammle mich.

„Na, dann kommt mal wieder zu mir mit eurer Aufmerksamkeit. Lina, trink mal was und wenn du kurz zum Waschbecken möchtest, mach das gerne", holt Herr Schotter die

Klasse wieder ab und zwinkert mir zu.

Puhhh, ich gehe kurz um die Ecke zum Waschbecken und klatsche mir kaltes Wasser ins Gesicht. Mann, was war denn das jetzt wieder? Ich ärgere mich, dass ich nicht einfach cool bleiben kann, wenn die Aufmerksamkeit unverhofft auf mir ruht. Möglichst unauffällig gehe ich zurück zu meinem Platz und setze mich vorsichtig auf meinen Stuhl, um möglichst wenig Geräusche zu machen.

„Da wir jetzt wieder vollzählig sind, noch mal für alle: Die beiden Klassenratsleiter und -leiterinnen leeren immer Freitag früh unseren Kummerkasten und bereiten die Anliegen der Klasse vor. Für dich, Lina: Hier ist unser Kummerkasten", erklärt Herr Schotter und Herr Hummer zeigt mit beiden Zeigefingern drauf. „Hier können alle Schülerinnen und Schüler der Labrafantenklasse ihren Kummer, ihre Anliegen und ihren Ärger niederschreiben. Das können dreckige Toiletten sein, Ärger mit Lehrerinnen oder Lehrern oder auch Streits untereinander, die nicht sofort geklärt werden können oder andauern. Freitags haben wir immer Klassenratsstunde, das kennst du ja schon, Lina. Da lesen die Klassenratsleiter und -leiterinnen die Anliegen der Klasse vor. Davor schauen sie, ob es beispielsweise ähnliche oder sogar gleiche Anliegen gibt, die zusammen behandelt werden können. Während des Klassenrats lesen sie, wie gesagt, die Anliegen vor und rufen die Kinder auf, die sich melden und Lösungsvorschläge haben. Die Lösungsvorschläge werden auf unser Board geschrieben und wenn alle einverstanden sind, gehen wir zum nächsten Thema über. Wenn wir gar keine Lösungsvorschläge bekommen oder nicht zu einer Lösung kommen, mit der alle in der Klasse zufrieden sind, kommt der Zettel noch mal für die kommende Woche in den Kummerkasten. Die Kinder aus der Klasse machen sich während der Woche noch mal Gedanken, wie man das Problem lösen kann. In der nächsten Woche starten wir dann mit dem Anliegen aus der Woche davor. Wichtig an der Aufgabe ist, dass diejenigen, die gewählt werden, strukturiert durch die Diskussionen führen, alle zu Wort kommen lassen und darauf achten, dass niemand den anderen reinredet", erklärt Herr Schotter den Klassenrat noch einmal. Eigentlich wusste ich schon fast alles.

„Lina, Lilli, Carl, Selma, Felix und Fine, ihr seid vorgeschlagen worden. Will jemand von euch nicht Klassenratsleiterin oder -leiter werden?", fragt Herr Schotter.

Niemand sagt etwas, Fine und Selma schütteln den Kopf.

„Okay, wir brauchen zwei, die den Klassenrat übernehmen. Ihr bekommt jetzt alle einen Wahlzettel. Bitte schreibt maximal drei Namen auf euren Zettel und dann erstens, zweitens, drittens davor", erklärt Herr Schotter. Herr Hummer steht auf und verteilt die Zettel, sie sind orange und haben dickes Papier, sodass man nicht durchschauen kann.

Toni meldet sich.

„Ja, Toni", ruft Herr Schotter ihn auf.

„Müssen wir auch erstens und zweitens hinschreiben, wenn wir nur zwei Namen draufschreiben?", fragt Toni grinsend.

Als ob er die Antwort nicht kennen würde.

„Genau, Toni, das macht ihr bitte trotzdem. Alle an der ersten Stelle bekommen drei Punkte, die an der zweiten zwei und die an der dritten Stelle einen Punkt", erklärt Herr Schotter geduldig.

Wir schreiben also alle die Namen auf, die wir wählen wollen. Ob wir uns auch selbst wählen dürfen? Ich traue mich nicht zu fragen und lasse es lieber. Das ist ja wie sich selbst loben, oder?

Herr Hummer geht mit einem alten Zylinder durch die Reihen und sammelt unsere Zettel ein. „Martha und Matilda, könnt ihr die Auszählung machen? Kommt bitte mal nach vorne", bittet Herr Schotter die aktuellen Klassenrats-leiterinnen. Die beiden kommen nach vorne, Martha nimmt den Zylinder, Matilda den Stift, den Herr Hummer ihr reicht.

„Also, Matilda, du machst die Striche neben die Namen, ich zähle mit", fordert Herr Schotter Matilda auf.

Martha öffnet den ersten Zettel. „Lina, drei Punkte, Fine, zwei Punkte, Carl, einen Punkt", diktiert sie, gibt den Zettel an Herrn Schotter weiter und Matilda malt die Striche neben unsere Namen. Mann, bin ich aufgeregt. Drei Punkte schon. Ich hätte wirklich große Lust auf das Amt, das wäre toll. Ich hatte noch nie ein Amt in der Schule. Aber warum sollten sie mich wählen? Ich bin doch ganz neu hier ... Ich merke, wie mein Herz vor Aufregung rast.

„Lina, drei Punkte, Selma, zwei Punkte, Lilli, einen Punkt", höre ich.

Ui, da sind schon jede Menge Striche neben meinem Namen. Ich versuche, ruhig zu atmen, damit ich nicht wieder vor Aufregung rülpse. Zu spät, ein Kleiner ist rausgerutscht. Hat aber niemand gehört. Ich trinke etwas aus meiner Trinkflasche – die mir prompt runterfällt, ohne Deckel ...

„Ach Lina!", meckert mich Lilli an, die ganz nass geworden ist.

„Entschuldige bitte", stammle ich, „ich mache das weg, ist nur Wasser."

Ich hole Papiertücher, aber Lilli winkt ab und ich mache nur den Tisch sauber.

„Selma, drei Punkte, Lina, zwei Punkte, Fine, einen Punkt", liest Martha weiter. Ich schaue an das Whiteboard und sehe, dass ich mit Abstand die meisten Punkte habe.

Martha dreht den Zylinder um: „Das waren alle."

„Prima, ihr beiden. Dankeschön!", sagt Herr Schotter zufrieden. „Lina und Fine – ihr beiden seid die neuen Klassenratsleiterinnen, herzlichen Glückwunsch!" Herr Schotter klatscht in die Hände.

Mein Herz hüpft und ich könnte platzen vor Stolz.

Echt jetzt?!! Ich bin gerade mal ein paar Wochen in der Klasse und wurde schon zur Klassenratsleiterin gewählt, mit den meisten Stimmen! Vielleicht ist es hier doch nicht so schlecht – breiter Grinse-Smiley, Luftballon und Tanz-Smiley.

„Danke", sagt Fine leise und lächelt mich mit ihrem Zahnspangenlächeln an. Ich lächle zurück.

Nach der Schule schwinge ich mich fröhlich auf mein Fahrrad und freue mich darauf, Mama und Papa von der Wahl zu erzählen. Ich bin wirklich stolz.

Beim Abendbrot ist endlich Zeit für meine Neuigkeiten. Ich erzähle von der Wahl, wie ich zuerst vorgeschlagen wurde, wie nervös ich war und dass ich vor Aufregung rülpsen musste. Leo lacht. Mama nickt anerkennend und Papa klopft mir stolz auf die Schulter: „Mein Mädchen!"

„Du darfst dich natürlich immer selbst wählen, mein Schatz. Wenn du ein Amt willst und dich für geeignet hältst, dann wähle dich auch. Es ist nichts falsch daran, sich gut zu finden und sich selbst eine Stimme zu geben. Im Gegenteil, ich finde es sogar wichtig, nicht nur den anderen die Wahl zu überlassen, sondern das eigene Wahlrecht zu nutzen", sagt Mama, als ich erzähle, dass ich mich nicht selbst gewählt habe.

„Ja, vielleicht hast du recht", murmle ich.

„Klar habe ich recht, oder Luke? Was meinst du?", fragt Mama Papa, der schon wieder genüsslich in seinen Wrap beißt.

„Ja, daf finde if auf!", bestätigt Papa mit vollem Mund.

„Nicht mit vollem Mund!", meckert Leo Papa an.

Welche Laus ist dem denn über die Leber gelaufen? Er redet doch selbst ständig mit vollem Mund. Vielleicht nervt es ihn, dass ich heute im Mittelpunkt stehe.

„Und Leo, was war bei dir so los?", frage ich versöhnlich.

„Nix Besonderes", antwortet er nur und beißt wieder in seinen Wrap.

Aha, interessant. Dann eben nicht. Ich hab's versucht.

„Ich glaube, Lilli war ein wenig eifersüchtig. Sie wollte auch gewählt werden, war aber nur auf dem dritten Platz, obwohl sie sich selbst gewählt hat", erzähle ich weiter.

„Na, die scheinen schnell begriffen zu haben, dass du eine gute Moderatorin bist und dir Gerechtigkeit wichtig ist", sagt Mama stolz.

„Ich weiß nicht, so gut kennen die mich ja noch gar nicht. Aber ich freue mich auf jeden Fall total. Irgendwie fühle ich mich dadurch angekommen in der Klasse", sage ich gedankenverloren.

„Das freut mich, mein Schatz! Das ist wirklich toll!", antwortet Mama freudig.

„Mama, kannst du mir für morgen einen Friseurtermin machen?", fragt Leo plötzlich aus dem Nichts.

„Klar, wann denn?"

„Um vier wäre gut. Ich wollte um sechs noch mit ein paar aus der Klasse zu KFC, okay für euch?", antwortet Leo.

„Ja, wenn du das Zeug unbedingt essen musst", sagt Mama, und ich sehe, dass sie sich anstrengt, nicht die Augen zu verdrehen.

„Wow cool, da werden Erinnerungen wach. Darf ich mit?", fragt Papa.

„Nein! Das wäre cringe, wenn ich da mit meinem Alten ankomme", protestiert Leo, räumt seinen Teller in die Küche und will nach oben gehen.

„Geschirrspülmaschine!", ruft Mama.

„Wollte ich gerade machen", kommt von Leo, der sich noch mal umdreht und seinen Teller in die Geschirrspülmaschine räumt.

„Darf ich auch nach oben gehen? Ich möchte noch Clara anrufen und ihr von der Wahl erzählen", frage ich Mama.

„Na klar, räum bitte noch deinen Teller weg."

„Danke, Mama, du bist die Beste!", sage ich, drücke sie ganz doll und gebe ihr einen Kuss.

Dann räume ich schnell mein Geschirr weg und springe nach oben, um Clara von meinem großartigen Tag zu erzählen.

Kapitel 18
Lina
Löwenbändigerin

Heute ist Freitag – Klassenratstag. Fine und ich haben uns extra früh verabredet, um die Zettel aus dem Kummerkasten zu lesen, zu sortieren und uns Gedanken zu machen, mit was wir anfangen und wer was macht. Da ist sie schon, super. „Hey Fine!", begrüße ich sie.

„Sorry, es war ein bisschen hektisch zu Hause, mein kleiner Bruder ist krank", keucht sie.

„Kein Problem. Dann lass uns hochgehen. Herr Hummer ist schon da. Er weiß Bescheid, dass wir früher kommen", beruhige ich sie.

Oben angekommen sichten wir die Zettel.

Immer fehlt Klopapier. Das nervt und ist unhygienisch!

Das stimmt!

Ich finde es blöd, dass viele in der Klasse Witze über mich machen, weil ich so dünn bin. Charlotte

Mich stört das Chaos im Klassenraum. Ich kann mich dabei schlecht konzentrieren.

Mich nervt, dass alle immer meine Stifte benutzen und sie dann nicht zurückgeben. Besonders die Jungs.

Mir wurde mein Glitzerradiergummi in der Pause geklaut. Den habe ich zum Geburtstag bekommen. Das ist echt Mist. Selma

„Ui, das sind aber viele Themen", schnaufe ich.

„Ja, das stimmt, aber wir schaffen das schon. Ich sehe jetzt nichts, was richtig zusammenpasst, du?", fragt mich Fine und lächelt mich mit ihrem Zahnspangenlächeln an.

„Nein, ich auch nicht", antworte ich. „Wie wollen wir es machen?"

„Also, wenn es okay für dich ist, würde ich gerne die Sachen anschreiben und du moderierst?", schlägt Fine vor.

„Ich bin noch nicht so geübt und ehrlich gesagt habe ich ein bisschen Bammel, bei so vielen Themen. Meistens sind es nur zwei bis drei."

„Okay, dann mache ich das. Aber du hilfst mir, wenn ich nicht mehr weiterweiß, okay?", bitte ich sie.

„Okay, Deal!", antwortet Fine erleichtert.

Wir legen die Zettel in den Kummerkasten zurück und setzen uns an unseren Platz, während die Ersten aus der Klasse eintrudeln. Kurz bevor es klingelt, verteilt Herr Hummer Sitzkissen vor dem Whitebord, dort findet der Klassenrat statt – noch vor Logo. Zum Start in den Tag schauen wir nämlich immer die Kindernachrichten und reden darüber, was in der Welt passiert und was das für uns bedeutet.

Die Ersten setzen sich schon auf die Kissen. Ich bin echt aufgeregt, auch wenn ich beim Tanzen in Hamburg schon oft auf einer Bühne stand.

Herr Schotter kommt direkt mit dem Klingeln und entschuldigt sich für die Verspätung, er ist noch aufgehalten worden im Lehrerzimmer. Er schnappt sich noch schnell seinen Kaffee in seiner Lieblingstasse und setzt sich zu uns und Herrn Hummer auf die Kissen.

„Schön, dass ihr alle da seid", begrüße ich die Klasse.

„Wir haben uns die Themen schon angeschaut, und es sind wirklich viele. Daher bitten wir euch, nur ernst gemeinte Lösungsvorschläge vorzubringen, damit wir heute alles schaffen. Fine schreibt mit und ich rufe euch auf", beginne ich den Klassenrat.

Ich nehme den ersten Zettel und reiche ihn Fine, die ihn mit einem Magnet an das Whiteboard pinnt.

„Das erste Thema ist: *Immer fehlt Klopapier. Das nervt und ist unhygienisch!*", lese ich vor.

Alle fangen an durcheinanderzureden. Alle murren wegen dem Klopapier und alle haben eine Meinung.

„Bitte nacheinander und ruhig!", sage ich bestimmt. Woher habe ich bloß dieses Selbstbewusstsein? Ich wundere mich über mich selbst, aber es wirkt.

Martha meldet sich: „Wir können den Hausmeister bitten, jeden Morgen die Toiletten zu überprüfen. Allerdings haben wir das schon echt oft gemacht, und es hat nichts gebracht."

„Danke, Martha. Fine schreibt das für dich auf. Nächster: Felix."

„Wir könnten jede Woche eine Rolle Klopapier von zu Hause mitbringen und sie dann auf die beiden Klos hier im Flur verteilen", schlägt Felix vor.

„Ist notiert", sagt Fine. „Selma."

„Warum gehen wir nicht zweimal pro Woche oder so zum Hausmeister und holen das Klopapier selbst? So können wir sichergehen, dass wir zumindest auf unserer Etage immer welches haben", schlägt Selma vor.

„Und wenn wir dann in der Hofpause mal müssen, rennen wir immer in den fünften Stock, oder was?", fragt Charlotte dazwischen.

„Charlotte, bitte nur hilfreiche Vorschläge", bitte ich sie.

„Ich bin für einen Klopapierdienst in allen Klassen. So wie es auch andere Dienste gibt. Das Klopapier sollte von uns auf den jeweiligen Fluren verteilt werden, dann gibt es immer überall genug", schlägt sie vor.

„Gute Idee", ergänzt Anna und schiebt ihre Brille zurück auf die Nase. „Das nehme ich mit in die Gesamtschülervertretung nächste Woche. Oder wie wir es nennen: GSV."

„Okay, sind alle einverstanden, dass Anna das in der GSV anspricht?", frage ich die Klasse und ernte ein Nicken von den Meisten. „Dann haben wir das Klopapierthema erst mal durch. Nächstes Thema: *Ich finde es blöd, dass viele in der Klasse Witze über mich machen, weil ich so dünn bin. Charlotte.* Wer möchte etwas dazu sagen?", frage ich die Klasse, und es herrscht Schweigen. Ich wusste gar nicht, dass sie alle so still sein können. Da meldet sich Herr Schotter.

„Ja, Herr Schotter", rufe ich ihn auf und muss wirklich grinsen darüber, dass ich meinen Lehrer aufrufe.

„Ich finde, hier sollten generell keine Witze über andere gemacht werden. Ihr sollt euch wohlfühlen und Spaß haben", sagt Herr Schotter dazu.

„Genau!", sagt Charlotte, etwas lauter, als sie vielleicht beabsichtigt hat.

„Du bist aber auch dünn. Wenn du eine Olive verschluckst, dann könnte man denken, du bist schwanger!", lacht Oskar.

„Nicht weinen, kleines Charlöttchen!", stimmt Aaron mit ein und ein paar Jungs fangen an zu kichern.

Charlotte wird rot und kämpft mit den Tränen.

„Das ist doch genau, worum es hier geht! Charlotte kann nichts für ihre Figur und ihr macht ständig Witze darüber. Das ist gemein! Wir sollten netter zueinander sein!", platzt es aus mir raus.

Plötzlich sind alle still und schauen mich an.

„Stellt euch mal vor, über euch würden andere Witze machen – haha, Oskar mit dem gelben Pulli oder Aaron mit den blonden Haaren. Was auch immer, das ist doch doof. Und dann stimmen alle mit ein und Charlotte fühlt sich blöd. Macht doch Witze, die keinen verletzen. Wir wollen doch nicht, dass jemand nicht gerne herkommt, weil die anderen blöde Witze machen!"

Puh, das kam jetzt einfach so aus mir raus.

„Entschuldige, Charlotte. Ich dachte nicht, dass dir das wirklich was ausmacht…", brummelt Aaron und schaut Charlotte von der Seite an.

„Ja, tut mir auch leid", stimmt Oskar mit ein.

„Okay, können wir uns dann darauf einigen, dass wir keine Witze mehr über andere aus der Klasse machen?", frage ich, um das Thema abzuschließen.

„Über niemanden mehr?", fragt Aaron und kichert schon wieder.

„ÜBER NIEMANDEN", zische ich und fixiere ihn mit meinem Blick.

„Oha. Verstehe", antwortet er und duckt sich unter meinem Blick.

„Gibt es noch etwas zu dem Thema oder können wir weitermachen?", frage ich. Da niemand etwas sagt und Herr Schotter anerkennend nickt, mache ich weiter: *„Mich stört das Chaos im Klassenraum. Ich kann mich dabei schlecht konzentrieren"*, lese ich den nächsten Zettel vor.

„Ich verstehe gar nicht, wie das immer passiert", sagt Lilli und knautscht ihre blonden Locken.

„Na ja, alle lassen immer alles da liegen, wo sie gearbeitet haben, wenn es zur Pause klingelt. Und nach der Pause, wenn sie an etwas anderem arbeiten, vergessen sie es", sagt Lisa leise.

„Stimmt", kommentiert Anna.

„Toni", rufe ich Toni auf, der sich meldet.

„Warum nutzen wir nicht einfach die letzten fünf Minuten jedes Blocks als Aufräumzeit?", schlägt er vor.

„Gute Idee", schaltet sich Herr Hummer ein.

„Du musst dich melden, Jens", weist Herr Schotter Herrn Hummer scherzhaft zurecht.

„Entschuldige, Lina", sagt Herr Hummer.

„Aber ich finde die Idee auch super. Wer ist dafür? Bitte meldet euch", sage ich und fast alle heben die Hand. „Das ist die Mehrheit", stelle ich fest.

„Ist notiert!", kommt von Fine am Board.

„Dann nächstes Thema: *Mich nervt, dass alle immer meine Stifte benutzen und sie dann nicht zurückgeben. Besonders die Jungs.* Ich weiß nicht, von wem das ist. Vielleicht mag der- oder diejenige sich melden, aber wir bekommen das bestimmt auch so hin", starte ich.

„Es weiß doch jeder, dass der Zettel von Chiara ist", blökt Oskar.

Chiara wird rot. „Ja, der Zettel ist von mir", sagt sie trotzig.

„Also, wer sich Stifte ausleiht, sollte sie auch zurückgeben. Warum nutzt ihr nicht die Klassenstifte, wenn ihr selbst keine habt?", fragt Martha.

„Chiara hat einfach so tolle Farben", erklärt Lilli. „Sie hat sogar ganz viele Hautfarben. Außerdem sind viele Klassenstifte kaputt."

„Warum kaufen wir nicht einfach einen neuen Satz Klassenstifte von der Klassenkasse? Wir haben noch genug Geld und das Schuljahr ist fast rum", schlägt Herr Schotter vor.

„Du hast vergessen, dich zu melden, Paul", witzelt Herr Hummer.

„Entschuldigt bitte. Eigentlich sollte ich mich gar nicht einmischen. Ich dachte, wir können das in dem Fall abkürzen."

„Ich finde, das ist eine gute Idee. Findet ihr auch? Bitte einmal Hände heben. Einstimmig angenommen. So, jetzt zu unserem letzten Thema: *Mir wurde mein Glitzerradiergummi in der Pause geklaut. Den habe ich zum Geburtstag bekommen. Das ist echt Mist. Selma.* Selma magst du noch etwas dazu sagen?", frage ich sie.

„Eigentlich ist mit dem, was du vorgelesen hast, alles gesagt", antwortet Selma.

„Das waren bestimmt die Jungs", ruft Anna dazwischen, ohne sich zu melden.

Ich schaue sie streng an und bitte sie: „Bitte nur hilfreiche Beiträge und meldet euch."

Anna verdreht die Augen.

Inzwischen rufen viele der Jungs dazwischen: „Was sollen wir mit einem blöden Glitzerradiergummi?"

„Immer sollen wir Jungs alles gewesen sein!"

„Was interessiert uns dein blöder Radiergummi?"

„Du hast ihn bestimmt selbst verschlampt."

„R-U-H-E!", brülle ich dazwischen und lasse mir Zeit, bis ich wieder zu reden anfange. Die Stille ist fast gespenstisch.

„Bitte nacheinander. Wir brauchen jetzt keinen 'Mädchen gegen Jungs'-Streit wegen eines Radiergummis. Es kann jeder und jede gewesen sein. Oder hat ihn vielleicht jemand aus Versehen eingesteckt? Vielleicht ist er auch einfach nur runtergefallen. Dass der Radiergummi geklaut wurde, ist erst einmal nur eine Vermutung. Hat jemand einen konstruktiven Vorschlag?", frage ich.

„Eben, wer weiß, ob der überhaupt geklaut wurde", raunt Felix von hinten.

„Felix? Hast du eine Idee?", frage ich ihn.

Er wird rot. „Vielleicht schauen wir einfach mal alle in unseren Mäppchen nach, ob wir ihn aus Versehen eingesteckt haben?", schlägt er vor.

„Ja, Lilli?", rufe ich Lilli auf.

„Wir könnten auch in den Schubladen mit den Schulstiften und dem anderen Zeugs schauen, vielleicht hat ihn jemand aus Versehen da reingelegt", schlägt Lilli vor.

„Notfalls können wir Selma auch einen neuen von der Klassenkasse kaufen", sagt Toni genervt.

„Okay, ich würde vorschlagen, wir schauen alle in unseren Federmäppchen und unseren Schulranzen und dann schauen zwei von uns die Schubladen der Schulmaterialien durch, einverstanden?", schlage ich vor und alle nicken.

„Wenn wir den Radiergummi nicht finden, nehmen wir das Thema beim nächsten Klassenrat noch mal auf, okay?", schlage ich wieder vor.

Alle nicken wieder und es wird unruhig in der Klasse. „Fine, habe ich was vergessen oder möchtest du noch etwas sagen?", frage ich und drehe mich zu Fine um.

„Nein, wir können den Klassenrat beenden, danke, Lina", antwortet Fine.

Da steht Herr Schotter auf und stellt sich neben mich: „Das waren wirklich viele Themen heute. Da die Stunde gleich zu Ende ist, würde ich sagen, dass wir direkt mit der Radiergummisuche beginnen. Fine, du kannst die heutigen Ergebnisse an die Klassenrats-Pinnwand übertragen. Die nächste Stunde beginnen wir dann mit Logo."

Während alle in ihren Taschen und Federmäppchen kramen, dreht Herr Schotter sich zu mir: „Sehr souverän hast du das heute gemacht, Lina. Bravo! Weiter so, das war wirklich große Klasse!"

Ich werde rot vor Stolz und flüstere nur leise: „Danke, Herr Schotter."

Puh, das war aber auch anstrengend. Jetzt erst merke ich, wie angespannt meine Schultern sind. Ich war ganz schön aufgeregt.

„Ich hab ihn!", ruft Helene, die neben Selma sitzt und lustigerweise das exakt gleiche Federmäppchen hat wie Selma.

Beide werden rot.

„Oh, danke, Helene!", ruft Selma mit hochrotem Kopf.

„Das haben bestimmt die Jungs geklaut…!", äfft Oskar Anna nach.

„Es tut mir leid, dass ich dachte, jemand hätte ihn geklaut …", sagt Selma und blickt zu Boden. „Dafür bringe ich morgen Entschuldigungs-Muffins für die ganze Klasse mit!", schlägt sie vor und blickt in die Runde, in der Hoffnung, dass sie die Jungs damit beruhigen kann.

„Muffins, Muffins!", fängt Oskar an und viele der Jungs stimmen mit ein.

Da klingelt es und ich bin froh, dass ich jetzt erst einmal Pause habe. Klassenrat ist wirklich ganz schön anstrengend. Aber ich bin auch stolz, dass alles so gut geklappt hat.

„Wow, Lina, das war wirklich stark für dein erstes Mal", sagt Lilli zu mir, während wir nach draußen gehen.

„Ja, wirklich", nickt Anna.

Kapitel 19
Das vierte Rad am Dreirad

Nach zwei relativ ruhigen Wochen ohne Streits und ohne Toni-Virus ist mal wieder Montag. Montage sind echt nervig manchmal. Aber der heutige Tag verspricht, spannend zu werden, wir bekommen nämlich eine neue Schülerin – na ja, nicht ganz.

„Heute haben wir eine neue, alte Mitschülerin, die wieder zu uns kommt", erklärt Herr Schotter, der neben einem Mädchen steht. „Die meisten von euch kennen sie noch. Maja war ein Jahr mit ihren Eltern in Australien und ist nun wieder da. Eigentlich wollte sie erst im nächsten Schuljahr zurückkommen, doch wir freuen uns, dass Maja jetzt noch die letzten vier Wochen des alten Schuljahres mit uns verbringt. Seid so lieb und begrüßt Maja", stellt Herr Schotter das Mädchen mit dem etwas zu langen Pony und dem Surfer-T-Shirt vor.

Ich blicke zu Anna, die mit den Schultern zuckt, und

dann zu Lilli, die die Augen verdreht, während sie an ihren blonden Locken spielt.

„Setz dich doch hier an den Tisch, da ist noch ein Platz frei", sagt Herr Schotter zu Maja und deutet auf unseren Vierertisch.

„Och nö, ne?", flüstert Lilli, sodass nur ich sie hören kann.

Ich bin gespannt auf die Geschichte, die sie über Maja zu erzählen hat. Sie sieht eigentlich ganz nett aus. Maja lässt sich auf den Stuhl neben Anna plumpsen und lächelt uns an: „Hi, ich bin Maja."

Sie hat einen englischen Akzent. Ich dachte eigentlich, sie ist hier aufgewachsen. Na ja, ich warte bis zur Pause, um Lilli über sie auszuquetschen.

Nach einer langweiligen Mathestunde klingelt es endlich. Lilli springt auf und zieht uns direkt runter zum Schulhof, bevor eine von uns auch nur ihr Pausenbrot aus der Tasche holen kann.

„Lilli, jetzt zieh mal nicht so, was ist denn los?", fragt Anna sie entrüstet und schiebt ihre Brille zurück auf die Nase.

„Nehmt euch bloß vor Maja in Acht, sie ist echt gemein. Sie tut immer wahnsinnig nett, lästert dann aber hinter eurem Rücken. Wenn man dann nicht mehr mit ihr spielt, petzt sie bei jeder Gelegenheit", keucht Lilli völlig außer Atem.

„Ich finde sie eigentlich ganz nett", sagt Anna vorsichtig.

„Ja, ich auch. Wer weiß, vielleicht hat sie sich in dem Jahr geändert. In einem Jahr kann viel passieren. Sag mal, ich dachte, sie ist hier aufgewachsen, aber sie hat einen englischen Akzent. War sie hier in Deutschland auch nur für ein Jahr?", frage ich Lilli neugierig.

Lilli stöhnt: „Dieses affige Getue mit dem englischen Akzent zeigt doch nur, dass sie immer noch die Alte ist. Sie hat sich kein Stück verändert. Klar ist, sie ist hier aufgewachsen. Jetzt war sie ein Jahr in Australien und tut so, als könnte sie kein richtiges Deutsch mehr ...!"

Ich merke, dass Lilli wirklich sehr genervt von Maja ist, und lasse es gut sein.

„Hi, Girls!", trällert es plötzlich hinter mir und da steht Maja, die an ihrem Surfer-T-Shirt zupft.

„Musst du dich so anschleichen?", faucht Lilli sie etwas zu laut an.

„Oh, sorry! I didn't... ähm, ich wollte euch nicht erschrecken", antwortet Maja, völlig unbeeindruckt davon, wie Lilli sie angefahren hat.

„Wollen wir ein TikTok drehen? Nur ein kleiner Move, den wir gemeinsam machen, dann können meine Freundinnen in Australien sehen, mit wem ich jetzt so abhänge", schlägt Maja vor.

„Nein, lass mal", winkt Lilli ab.

„Ich muss noch dringend was essen, sonst verhungere ich", antwortet Anna und geht in Richtung Schulgebäude.

„Und du? Lina, richtig? Hast du Lust oder bist du auch so eine Langweilerin wie die beiden anderen?", fragt sie mich und schaut Lilli provozierend an.

„Also erstens sind die beiden nicht langweilig und zweitens muss ich auch noch was essen. Sei nicht böse, ja? Ein andermal vielleicht", wehre ich ab und gehe Anna hinterher.

Ganz schön unfreundlich, die Gute. Das hätte ich jetzt nicht gedacht. Na ja, ich werde auf Lilli hören und vorsichtig sein. Mein Bauchgefühl sagt mir, dass Maja Ärger bedeutet.

„Bitte kommt zum Ende, die Pause ist vorbei. Ihr arbeitet jetzt in Gruppen an den Kulissen für die Abschlussaufführung weiter. Lilli, Anna und Lina, bitte involviert Maja in euer Projekt", ruft Herr Hummer uns zu.

Na prima, das kann ja lustig werden mit Lilli und Maja zusammen.

Maja setzt sich neben mich auf Lillis Platz und fragt mich: „Was soll ich machen?"

Ich erkläre ihr, dass wir für die Blumen zuständig sind, stehe auf und hole das bereits vorbereitete Bastelpapier, Kleber, Scheren und die fertigen Blumen aus unseren Kunst-Schubladen. Als ich zurückkomme, streiten Lilli und

Maja um den Platz, der eigentlich Lillis Platz ist. Da steht plötzlich Herr Hummer neben uns: „Was ist denn hier los? Gibt es ein Problem?"

„Nein, kein Problem", antwortet Lilli und versucht, ihren Ärger zu unterdrücken.

„Lilli will nicht, dass ich mit ihnen mitarbeite. Ich will mich nicht aufdrängen, aber was soll ich denn dann machen?", fragt Maja und blickt Herrn Hummer mit einer Unschuldsmiene an, bei der jeder Mitleid bekommen muss.

„Lilli! Was soll denn das?", herrscht Herr Hummer sie an. „Natürlich nehmt ihr Maja in die Gruppe auf. Bitte seid nett zueinander."

„Es ging nicht darum, dass …", versucht es Lilli, doch Maja unterbricht sie: „Danke, Herr Hummer, das ist so nett von Ihnen, ich will auch wirklich niemandem zur Last fallen."

„Das tust du nicht, also wäre das geklärt", beendet Herr Hummer das Gespräch, dreht sich um und geht zur nächsten Gruppe.

„Was soll denn das, Maja?", blafft Lilli sie an.

„Ich weiß nicht, was du meinst", antwortet Maja mit ihrer Unschuldsmiene und bleibt auf Lillis Platz sitzen.

Ich halte mich erst mal aus der Sache raus, um nicht noch mehr Ärger zu provozieren, und erkläre Maja, was noch gemacht werden muss. Dann teilen wir die Aufgaben auf.

Lilli spricht kein Wort mehr und schneidet wütend Blumen-blätter aus.

Als Lilli kurz auf der Toilette ist, flüstert Maja mir zu: „Lilli war schon immer schwierig. Deshalb hat sie auch nie Freundinnen gefunden."

„Ich bin ihre Freundin. Und Anna auch. Ich finde das nicht nett, was du sagst. Und wie du Herrn Hummer gegen Lilli aufgebracht hast, war auch nicht nett", antworte ich bestimmt.

Maja lächelt mich nur herablassend an.

„Was ist denn nun schon wieder los bei euch?", fragt Herr Hummer, der uns offensichtlich nicht aus den Augen lässt.

„Gar nichts, alles gut, Herr Hummer", antwortet Anna und lächelt ihn an.

Als Lilli wieder zu uns an den Tisch kommt, fragt Maja sie: „Hey Lilli, wollen wir uns heute Nachmittag auf ein Eis verabreden, nur wir beide? Ich lade dich ein. Dann können wir uns wieder vertragen und uns erzählen, wie das letzte Jahr so war."

„Ähm okay, wenn du meinst", antwortet Lilli überrascht.

Echt jetzt ?!!

„Aber wir wollten doch heute Nachmittag an den See gehen", erinnere ich Lilli.

„Das könnt ihr ja auch noch morgen machen", schneidet Maja mir das Wort ab und dreht mir den Rücken zu.

Was für eine seltsame Person. Aus der soll jemand schlau werden. Ich blicke Anna an, die mit den Schultern zuckt, und dann zu Lilli, die mir zu verstehen gibt, dass es ihr leidtut. Na prima.

„Anna, gehen wir beide dann an den See?", frage ich Anna.

„Ich kann leider nicht, das habe ich doch letzte Woche schon gesagt. Ich muss heute zum Zahnarzt", antwortet sie mit Mitleid in der Stimme.

„Okay, dann nicht", brummle ich vor mich hin und bin echt genervt von dieser Maja. Was ist das überhaupt für ein Name, Maja? Ist sie eine Biene, oder was? Einen fiesen Stachel hat sie jedenfalls. Ich versuche, Lilli nach der Schule noch mal allein zu erwischen, aber Maja weicht ihr nicht mehr von der Seite. Na, dann gehe ich eben nach Hause und schaue, was Leo so macht. Vielleicht hat der ja mal Lust, Zeit mit seiner Schwester zu verbringen.

Abends klingelt mein Telefon, ich habe gar keine Lust, mit irgendwem zu sprechen. Ich habe mich den ganzen Tag gelangweilt und abends habe ich endlich das Tablet von

Mama bekommen, um eine Serie zu schauen. Ich drehe mich trotzdem um und schaue, wer anruft. Lilli. Was will die denn jetzt? Ich lasse es klingeln und drehe mich wieder auf den Bauch, um weiterzuschauen. Fünf Minuten später klingelt es wieder. Schon wieder Lilli. Können wir nicht morgen in der Schule sprechen? Ich schiebe das Handy unter mein Kopfkissen. Als es ein wenig später wieder klingelt und unter meinem Kissen brummt, drücke ich auf Pause und nehme ab.

„Was gibt es denn so Dringendes?", frage ich.

„Ich will mich entschuldigen, dass ich mich von der blöden Kuh so überrumpeln lassen habe und wir nicht zusammen an den See gegangen sind", höre ich Lilli am anderen Ende.

„Mh ... ich verstehe das ehrlich gesagt nicht ganz. Erst sagst du, wir sollen uns vor ihr in Acht nehmen, und dann gehst du mit ihr Eis essen, obwohl wir verabredet sind", brumme ich.

„Ich dachte, vielleicht können wir uns vertragen. Aber ehrlich gesagt hat sie nur über dich und Anna gelästert und wollte mich gegen euch aufhetzen."

„Aha, und was hast du dazu gesagt?", frage ich.

„Na ja, dass ich mit euch befreundet bin und es nicht mag, wenn sie so über euch spricht", antwortet Lilli.

„Wie spricht sie denn über uns?", frage ich neugierig.

„Ach, das willst du nicht wissen. Lass uns morgen zu dritt besprechen, wie wir mit ihr umgehen wollen. Ich habe wirklich keine Lust, dass sie unsere Freundschaft zerstört", antwortet Lilli.

„Okay. Wollen wir uns eine Viertelstunde früher vor der Schule treffen?", schlage ich vor.

„Super Idee. Dann rufe ich noch Anna an und sage ihr Bescheid. Bis morgen, Lina", sagt Lilli und legt auf, bevor ich noch etwas sagen kann.

Da haben wir gerade diese Toni-Sache überstanden und schon kommt die Nächste, die unsere Freundschaft auf die Probe stellt. Ach, wenn nur Clara da wäre ... Mit ihr wäre alles viel einfacher. Niemand kann sich zwischen uns stellen, wir sind einfach die besten Freundinnen. Nur noch vier Wochen und wir sehen uns endlich in Dänemark, sechs Wochen am Stück. Mann, wie ich mich darauf freue!

Am nächsten Morgen fängt Herr Hummer mich leider direkt vor der Schule ab, als Lilli ankommt und wir über Maja sprechen wollen. Er will unbedingt noch mit mir über die Klassenratsstunde morgen sprechen. Keine Chance, einen Plan mit Anna und Lilli zu machen und das Maja-Thema zu besprechen. Das müssen wir wohl verschieben.

„Stimmt es, dass du noch mit so einem ollen Knochen rumläufst?", fragt mich Maja zur Begrüßung, als sie sich an unseren Tisch setzt und ihren Rucksack neben sich abstellt.

Ich bin gerade dabei, mit Fine den Klassenrat für morgen vorzubereiten, und weiß gar nicht, was sie von mir will. Aber irgendwie gehört sie jetzt zu unserer Clique, obwohl wir drei das gar nicht wollen. Immer, wenn wir versuchen, etwas zu dritt zu machen, ist sie plötzlich da und macht mit. Wenn wir ihr versuchen zu sagen, dass wir was ohne sie machen wollen, rennt sie zu den Lehrern oder zu Sybille, unserer Erzieherin, und erzählt, wir würden sie ausschließen oder sogar mobben. Es ist wirklich verzwickt. Ich freue mich auf die Ferien.

„Na? Stimmt es nun, oder nicht?", fragt Maja schon wieder. Ich war so in meine Gedanken versunken, dass ich ihre Frage schon ganz vergessen hatte.

„Was stimmt?", frage ich sie.

„Na, dass du kein Smartphone hast. Kein Insta, kein Tik-Tok, kein WhatsApp", fragt sie und lächelt mich zuckersüß an.

„Nö, habe ich nicht. Ist mir auch nicht wichtig", antworte ich, obwohl das natürlich nicht stimmt. Aber Eva und Mama waren sich immer einig mit den Smartphones: erst mit zwölf. Dann ist es eben so, ich kann es eh nicht ändern, was soll's.

Maja lacht mitleidig: „Du Arme! Aber du kommst ja auch vom Dorf, da ist alles noch ein bisschen hinterwäldlerisch. Du kannst ja nichts dafür. Wenn ich dir mal was erklären soll, was das neue Zeitalter angeht, sag einfach Bescheid. Ich helfe gerne." Da lacht sie wieder und wirft ihre braunen Haare nach hinten.

Echt jetzt?!! Was für eine gemeine Kuh. Ich muss heute unbedingt mit Lilli und Anna über Maja reden, das geht so nicht weiter!

Während der Stunde versuche ich, Maja so gut es geht zu ignorieren. Doch sie tuschelt die ganze Zeit mit Lilli, was mich noch wütender macht. In der nächsten Pause müssen wir sie unbedingt abschütteln.

Ich schreibe Anna einen Zettel: *Ich will in der Pause mit dir und Lilli alleine sprechen. Lass uns im hinteren Hof bei den Basketballplätzen neben den Büschen treffen. Lina.* Anna schreibt nur *ok* zurück. Wie ich das Lilli beibringe, ist mir noch nicht klar, aber das bekomme ich schon hin…

Endlich! Es klingelt.

„Du, Lilli, ich muss zum Direktor wegen eines Streits mit Fine, kannst du mitkommen?", versuche ich Lilli von Maja loszueisen.

Zugegeben mit einer Notlüge. Eigentlich ist das gar nicht meine Art, aber ich weiß mir einfach nicht anders zu helfen.

Lilli schaut mich irritiert an: „Das habe ich gar nicht mitbekommen. Was ist denn passiert?"

„Erzähle ich dir auf dem Weg!", antworte ich ungeduldig und ziehe sie mit.

Ich sehe, wie Maja uns hinterherschaut und Anna die Gelegenheit nutzt, sich ebenfalls schnell davonzumachen.

Als wir auf dem Weg zum Rektorat Richtung hinterer Schulhof abbiegen, bleibt Lilli stehen und fragt: „Sag mal, was ist denn los, Lina?"

„Gleich. Wir treffen uns mit Anna bei den Basketballplätzen. Ich muss mit euch reden!"

„Okay ..." Lilli ist offensichtlich überrascht, aber zum Glück auch neugierig genug, um keine weiteren Fragen zu stellen.

Der hintere Hof ist eigentlich für die Oberstufenschüler und -schülerinnen, nur die Basketballplätze werden von allen genutzt. Da Maja kein Basketball spielt, wird sie uns da auch nicht suchen. Als wir ankommen, bin ich ganz schön aufgeregt. Ich weiß gar nicht, warum. Ich hüpfe auf und ab und Lilli versucht mich einzufangen: „Was ist bloß los mit dir, Lina? So kenne ich dich gar nicht. Alles okay? Und was ist jetzt mit Fine?"

„Nichts ist mit Fine, das war eine Notlüge. Ich wollte einfach in Ruhe mit dir und Anna sprechen. OHNE Maja", sage ich und atme tief ein und aus, so wie wir es bei der

Meditation gelernt haben.

„Ah, dann kann ich mir vorstellen, was du besprechen willst…", antwortet Lilli und dreht nervös ihre blonden Locken um den Zeigefinger.

„Da kommt ja Anna, endlich!", rufe ich etwas zu laut und halte mir vor Schreck die Hand vor den Mund.

Anna kommt völlig außer Atem angerannt, ihre knallrote Brille hängt mal wieder schief auf ihrer Nase: „Was gibt es denn so Geheimnisvolles?"

„Na ja, ich fange mal so an: Wie findet ihr es denn mit Maja?", frage ich die beiden.

Lilli holt Luft und fasst zusammen: „Sagen wir es so, ich habe euch vor Maja gewarnt, und jetzt ist genau das passiert, was ich nicht wollte. Sie ist überall dabei, ohne dass wir das wirklich wollen, und hetzt alle gegeneinander auf. Wenn wir versuchen, etwas ohne sie zu machen, schwärzt sie uns bei den Lehrern und der Erzieherin an und leider ist gerade Sybille voll auf Majas Seite. Irgendwie ist es wie verhext, als wären wir gezwungen, mit ihr befreundet zu sein, ohne es zu wollen und was dagegen machen zu können. Dann ist Maja plötzlich wieder supernett und ich denke, ach, alles halb so schlimm, bis sie sich den nächsten Hammer leistet. Wie beispielsweise gestern, als sie zu mir sagte, ich solle das mit dem Eis lassen, ich wäre eh zu fett."

„Das hat sie gesagt?", frage ich ungläubig. „Lass dir bitte so einen Mist nicht einreden, du bist genau richtig, wie du bist. So einen Quatsch habe ich schon lange nicht gehört", antworte ich empört.

„Ja, ich sehe das genauso. Ich finde es wirklich seltsam, dass Sybille und Herr Hummer uns so zwingen, alles mit ihr gemeinsam zu machen. Ehrlich gesagt finde ich es nicht mehr so lustig, seit sie da ist, und es macht alles nicht mehr wirklich Spaß", ergänzt Anna.

„Vielleicht sollten wir erst einmal damit starten, sie nach der Schule nicht mehr mitzunehmen? Die Lehrer können ja nicht erzwingen, mit wem wir unsere Freizeit verbringen", schlägt Anna vor.

„Ja, das ist eine gute Idee!", sagt Lilli und klatscht in die Hände.

„Und was machen wir, wenn sie wie gestern einfach hinter uns her in die Eisdiele kommt und sich zu uns setzt?", frage ich.

„Wir machen es wie heute und gehen getrennt. Und wir reden vor Maja nicht mehr über unsere Verabredungen", antwortet Lilli.

„Aber das bedeutet ja, dass wir ständig lügen müssen ... Ich fand das heute schon doof. Das mag ich eigentlich gar nicht", gebe ich zu bedenken.

„Oder wir bitten Herrn Schotter um ein Gespräch. Auch

wenn für so was eigentlich Herr Hummer und Sybille zuständig sind, aber Herr Schotter ist einfach netter und nicht so eindeutig auf Majas Seite. Ich glaube ehrlich gesagt gar nicht, dass er so wirklich mitbekommt, was da läuft", sagt Lilli.

„Das finde ich gut! Wir fragen ihn noch heute nach einem Termin. Wir können uns auch nachmittags bei mir treffen und das Gespräch vorbereiten, wenn ihr wollt", antworte ich begeistert.

Da klingelt es schon. Wir nicken uns zu und Lilli und ich gehen wieder getrennt von Anna zurück.

Als wir ins Klassenzimmer kommen, steht Maja untergehakt mit Fine an meinem Platz.

„Fine weiß nichts von einem Streit!", blafft Maja mich an.

Echt jetzt ?!! Ich merke, wie ich rot werde.

„Es ging um eine andere Fine. Aber es ist alles geklärt", lüge ich und mir ist klar, dass mir das niemand abnimmt.

„Das glaubst du ja selbst nicht!", wirft mir Maja vor. Fine schaut mich ganz verdutzt an und geht dann zu ihrem Platz.

Sie weiß gar nicht, wo sie da reingeraten ist. Mann, das tut mir so leid. Ich weiß, dass es falsch war, zu lügen. Beim nächsten Mal finde ich einen anderen Weg. Ich fühle mich jetzt richtig schlecht deswegen...

Als es zur nächsten Pause klingelt, hakt sich Maja wieder bei Fine unter und zieht sie hinaus auf den Pausenhof. Arme Fine. Egal, Anna, Lilli und ich nutzen die Gelegenheit und schnappen uns Herrn Schotter.

„Herr Schotter…", fange ich vorsichtig an.

Er dreht sich um und blickt uns fragend an. Er hat seine *Bitte nicht stören*-Tasse in der Hand. Auweia, ob das jetzt ein guter Zeitpunkt ist?

„Wir haben eine Bitte an Sie", fahre ich fort.

„Na dann, schießt mal los", antwortet er mit seiner ruhigen, geduldigen Stimme.

Ich nehme all meinen Mut zusammen: „Wir drei haben einen Konflikt mit Maja und hätten gerne ein Klärungsgespräch gemeinsam mit Ihnen." Nun ist es raus.

„Ist das nicht was für den Klassenrat morgen?", fragt Herr Schotter.

„Nein, wir wollen das nicht so gerne vor der ganzen Klasse besprechen", antworte ich leise, aber bestimmt.

„Dann sind dafür Sybille und Herr Hummer zuständig. Sybille, komm bitte mal her!", ruft er.

Sybille hört ihn zum Glück nicht oder will ihn nicht hören, da ergreift Lilli schnell das Wort: „Es ist so, dass wir ganz bewusst Sie fragen, Herr Schotter. Denn wir haben das Gefühl, Sybille ist auf Majas Seite und wir wünschen uns Sie als neutrale Person."

„Nun, das ist ungewöhnlich. Wie ihr wisst, haben wir alle unsere Aufgaben. Ich spreche mit Sybille und Herrn Hummer und dann kommt ihr nach der Pause noch mal zu mir, okay?", bietet er uns an.

„Okay", sagen wir alle drei gleichzeitig und ich merke, dass mein Herz superschnell schlägt.

„Dann bis gleich und danke, Herr Schotter", sage ich. Wir drei schnappen uns unsere Pausenbrotboxen und gehen auf den Hof.

Auf dem Hof sehe ich, dass Maja mit Fine und Martha zusammensitzt. Sie lacht laut und wirft ihre braunen Haare immer wieder über die Schultern. Wahrscheinlich lästert sie jetzt über mich oder uns. Egal.

„Denkt ihr, Herr Schotter macht es?", fragt Anna.

„Keine Ahnung, ich kann mir vorstellen, dass Sybille das nicht will. Aber warten wir ab, jetzt können wir eh nichts mehr machen", antworte ich und beobachte, wie Maja zu uns rüberkommt. „Sie kommt", flüstere ich.

„Wer kommt?", fragt Anna laut, sodass sich alles in mir zusammenkrampft.

„Na, Maja", wispere ich so leise, wie ich kann.

„Hey Girls, alles klar bei euch? Boah Mann, Fine und Martha sind solche Langweilerinnen, da schlafe ich ja im Stehen ein!", trällert sie in ihrem gewohnt aufgesetzten Akzent.

Ich muss mich wirklich anstrengen, nicht die Augen zu verdrehen – Doppel-Augenverdreh-Smiley plus drei Wut-Smileys!

„Ich mag die beiden", sage ich.

„Na klar, du bist ja auch genauso langweilig!", lacht Maja. „Lilli, wollen wir heute nach der Schule was unternehmen?"

Ich merke, wie wütend ich werde.

„Leider nein, Maja, ich bin schon verabredet. Und ehrlich gesagt wollen wir mit dir und den Lehrern wegen solcher Sätze reden. Du bist andauernd gemein und dann willst du wieder mit uns befreundet sein. Das ist anstrengend. Wir haben Herrn Schotter heute um ein Gespräch gebeten", antwortet Lilli.

Mann, ist die mutig, das hätte ich ihr gar nicht zugetraut. Aber nach dem Spruch, dass sie das Eis lieber lassen soll, weil sie zu fett sei, hat Lilli endgültig die Nase voll, glaube ich.

„Was soll das denn? Ihr schließt mich immer aus! Ich bin nicht gemein, ich sage nur, wie es ist. Und langweilig sein ist ja nicht schlimm, daher ist es auch nicht gemein. Ich will doch nur Freundinnen finden, nachdem ich ein Jahr weg war", sagt Maja weinerlich.

„Und dass ich zu fett bin, war wohl auch eine Tatsache und nicht gemein, ja?", poltert Lilli jetzt richtig los. „Sorry,

Maja, aber damit gewinnt man keine Freundinnen. Das ist gemein. Wir drei unterstützen uns und sind nett zueinander, so geht Freundschaft!", blafft Lilli Maja wütend an.

„Das mit dem Eis war ein Witz, das ist doch klar. Aber gut, wenn ihr ach so nett miteinander seid, dann ist es wohl besonders nett, den Freund auszuspannen?", fragt Maja an Anna gerichtet.

Woher kennt sie denn die Geschichte?

„Das hat überhaupt nichts mit dir zu tun, das haben wir längst geklärt. Im Gegensatz zu dir können wir uns nämlich entschuldigen, wenn wir Mist gebaut haben", knurrt Anna Maja wütend an und schiebt wie aus Protest ihre Brille zurück.

Oh weh, wir wollten das Gespräch doch mit Herrn Schotter zusammen führen, und jetzt gerät alles außer Kontrolle...

„Ich will doch einfach nur mit euch befreundet sein, aber ihr behandelt mich immer wie das fünfte Rad am Wagen", sagt Maja jetzt versöhnlich.

„Wohl eher das vierte Rad am Dreirad", lacht Lilli.

„Lilli!", herrsche ich sie an.

„Okay, sorry", entschuldigt Lilli sich.

„Das war jetzt wohl okay?", fragt Maja. „Aber wenn ich einen Witz mache, dann ist es immer gleich gemein."

„Ehrlich gesagt, ja", sagt Anna.

„Ihr wollt mich einfach nur ausschließen. Das grenzt an Mobbing. Ich werde das heute meiner Mutter sagen, da könnt ihr euch auf was gefasst machen!", brüllt Maja wütend und stapft davon.

„Mist, das war so nicht geplant! Wir wollten das doch in Ruhe und sachlich klären. Das wird Ärger geben…", murmle ich, mehr für mich als für die anderen.

„Das befürchte ich auch", sagt Lilli, und schon klingelt es.

Wieder haben wir nichts gegessen. Mein Magen knurrt. Ich stopfe mir mein Brot noch schnell auf dem Weg nach oben rein und bekomme davon schlimmen Schluckauf. Na bravo, und das, wo wir doch noch mal zu Herrn Schotter kommen sollen.

„Herr Schotter, wir sollten noch mal zu ihnen kommen", sage ich zu Herrn Schotter, der, vertieft in seine Zeitung, an seinem Platz sitzt, da rutscht mir ein Rülpser mit dem Schluckauf raus. Auweia, wie peinlich. Anna und Lilli schauen mich mit strengem Blick an. Herr Schotter ignoriert meinen Rülpser einfach: „Ach, da seid ihr ja. Also ich habe mit Sybille und Herrn Hummer gesprochen. Wir machen es so, dass Sybille und ich das Gespräch mit euch führen. Sybille möchte dabei sein, Herr Hummer hat morgen nach der Schule sowieso keine Zeit, daher ist es ihm recht, dass ich übernehme. Ist das ein Kompromiss, mit dem ihr leben könnt?"

„Ja, das ist okay für uns, oder?", frage ich die anderen.

Beide nicken.

„Wir treffen uns dann morgen nach der Schule hier im Klassenraum. Habt ihr Maja schon Bescheid gesagt?", fragt uns Herr Schotter.

„Mehr oder weniger. Wir sagen ihr noch mal genau Bescheid", antwortet Lilli.

„Danke, Herr Schotter", sage ich und bin wirklich dankbar, dass er bei dem Gespräch dabei sein wird.

„Klar, gerne. Dann setzt euch mal."

Nach der Schule gehen wir alle zu Anna, da ihre Mutter am nächsten bei der Schule wohnt, um das Gespräch vorzubereiten. Puh, ich habe richtig Bauchschmerzen. Hoffentlich ruft Majas Mutter nicht bei meinen Eltern an …

Kapitel 20
Der Kompromiss

„Wollt ihr was essen?", fragt Anna, als wir bei ihr ankommen.

„Oh ja, ich sterbe vor Hunger!", antwortet Lilli.

„Ja, gerne."

„Super, dann schiebe ich uns Pizzen in den Ofen. Mama ist im Ausland, daher gibt es nur Gefriertruhenessen", erklärt Anna.

„Bist du dann ganz alleine, bis deine Mutter wieder da ist?", frage ich sie irritiert.

„Nein, mein Bruder ist auch da, und meine Cousine kommt immer für die Nacht. Mama ist bei ihrer Schwester in Italien, die ist doch so krank, daher ist sie dort und kümmert sich um sie. Papa hat diese Woche Nachtdienst in der Klinik, also macht es auch keinen Sinn, zu ihm zu gehen. Mama wohnt eh viel näher an der Schule als Papa", antwortet Anna und packt die Pizzen aus, die sie aus der

Gefriertruhe geholt hat. Ganz schön krass. Ich war noch nie ohne meine Eltern, außer wenn ich bei Clara war und bei der Übernachtung bei Anna. Ich würde mich ziemlich einsam fühlen ohne meine Eltern, glaube ich. Ja, sie nerven manchmal wirklich, aber ohne sie will ich auch nicht sein.

„Also, wollen wir loslegen?", unterbricht Anna meine Gedanken, während sie ihre Brille hochschiebt.

„Ja, wie fangen wir denn an?", fragt Lilli.

„Lasst uns doch erst mal alle Beleidigungen und Gemeinheiten von Maja, an die wir uns erinnern, aufschreiben", schlägt Anna vor.

„Das ist doch ein guter Anfang. Mir ist aber auch wichtig, dass wir erklären, wie es uns damit geht und warum es für uns schwierig ist, Zeit mit Maja verbringen zu müssen", ergänze ich.

„Gut, so machen wir das", stimmt Anna zu und holt Papier und Stifte.

Als wir die Pizza gegessen haben, schauen wir uns unsere Liste an, und es ist wirklich ganz schön was zusammengekommen. Langweilig, fett, langsam im Kopf und noch viel mehr. Ganz schön verletzende Bemerkungen, die Maja da immer loslässt, und dann tut sie so, als wäre das alles nichts.

„Wirklich wichtig ist, dass Majas Bemerkungen uns

verletzen und nicht lustig sind. Sybille soll verstehen, dass wir nicht unter Zwang mit ihr befreundet sein wollen, weil das alles nur noch schlimmer macht", fasse ich unser Gespräch zusammen.

„Ja, genau", stimmt Anna zu.

„Sie zwingt uns ja nicht, mit ihr befreundet zu sein. Sie verlangt nur, dass wir in der Schule mit ihr arbeiten und Zeit verbringen. Maja ist diejenige, die eine Freundschaft erzwingen will", gibt Lilli zu bedenken.

„Da hast du recht", nicke ich. „Das ist aber auch ein Learning für uns. Wir müssen ja nachmittags nichts mit ihr machen. Das kann keiner von uns verlangen. Das haben wir irgendwie selber verbockt."

„Das stimmt. Wollen wir uns einigen, dass wir morgen nur das Schulthema besprechen? Und uns jetzt hier versprechen, dass keine von uns nachmittags mehr was mit Maja macht?", schlägt Lilli vor.

„Deal. Ich brauche den Streit wirklich nicht auch noch nachmittags", antwortet Anna.

„So, ihr Lieben, wenn wir dann fertig sind, muss ich los. Ich muss mich um Lotte kümmern, das habe ich Mama versprochen. Oder gibt es noch was?"

„Nein, ich denke, wir sind fertig. Wollen wir uns morgen eine Viertelstunde früher vor der Schule treffen, falls uns noch was einfällt?", schlägt Lilli vor.

Wir einigen uns darauf, uns früher zu treffen, und ich beeile mich, nach Hause zu kommen.

Zu Hause werfe ich meine Sachen in die Ecke und rufe Lotte, da höre ich Mama von oben: „Lina? Bist du da? Komm doch mal bitte zu mir ins Arbeitszimmer!"

Oh weh, Maja wird doch nicht wirklich ihre Mutter aufgescheucht haben ...

„Was gibt es denn?", frage ich und stecke meinen Kopf durch die Tür.

„Komm mal rein, mein Schatz", bittet sie mich. Zögernd betrete ich das Zimmer und lasse mich auf Mamas Lieblingssessel fallen.

„Und? Was gibt's?"

„Ich habe heute eine E-Mail von einer Mutter bekommen. Warte, wie heißt das Mädchen noch ...", beginnt Mama.

„Maja."

„Ja, genau, Maja. Die Mutter schreibt, ihr würdet sie ausschließen, und sie hat den Eindruck, dass das Ganze Richtung Mobbing geht. Ich will hören, was deine Sicht der Dinge ist. Bitte erzähl mal", sagt sie ganz ruhig, und da muss ich plötzlich total anfangen zu weinen. Ich weiß gar nicht, warum, aber es bricht alles aus mir heraus. Ich erzähle Mama alles, von den Gemeinheiten, von Sybille, die uns immer zwingt, alles mit Maja zu machen, dass Maja sich zwischen uns drängt und immer über alle lästert.

„Ach, mein Schatz, warum hast du mir das nicht früher erzählt? Wir haben doch immer alles miteinander besprochen. Du weißt doch, du kannst mit allem zu mir kommen…", sagt Mama und streicht mir über den Kopf. „Ich rufe Majas Mutter morgen an und dann klären wir das. Vielleicht finden wir eine Lösung, die für alle gut ist", schlägt Mama vor.

„Nein, Mama, bitte nicht. Ich will das selbst klären. Wir haben morgen ein Gespräch, alle zusammen mit Maja, Herrn Schotter und leider auch Sybille. Ich glaube, ich schaffe das allein."

„Okay, wenn du das allein lösen willst, lasse ich dich das machen. Aber bitte versprich mir, dass du zu mir kommst, wenn du doch Hilfe brauchst, und nicht alles in dich reinfrisst, bis es eskaliert, okay?", antwortet Mama.

„Okay", verspreche ich.

„Ich schreibe dann Majas Mutter, dass es morgen das Gespräch in der Schule gibt und ich darauf vertraue, dass die Lehrer und Sybille das mit euch lösen."

„Danke, Mama!", flüstere ich und kuschle mich ganz eng an sie. Es tut gut, das Ganze einmal ausgesprochen zu haben. Herzchen-Augen-Smiley.

Ich merke erst jetzt, wie sehr mich das wirklich belastet hat.

„Kann ich noch Clara anrufen? Ich will ihr auch alles erzählen", frage ich.

„Clara hat vorhin versucht, dich zu erreichen. Ich soll dir ausrichten, dass sie heute Nachmittag weg ist und es morgen noch mal probiert", antwortet Mama und küsst mich auf den Kopf.

Dann eben morgen.

„Ich gehe dann noch mit Lotte raus, ja?"

„Ja, gerne, aber nicht so lange, es gibt gleich Abendbrot."

„Okay, Mama. Danke, dass du nicht geschimpft hast."

„Ich hab dich lieb, mein Engel."

„Ich dich auch, Mama."

Mein Wecker klingelt. Jetzt schon? Am liebsten will ich mir die Decke über den Kopf ziehen und gar nicht aufstehen. Ich habe jetzt schon Bauchschmerzen bei dem Gedanken an das Gespräch heute. Und es ist erst nach der Schule, also müssen wir den ganzen Tag mit Maja an einem Tisch sitzen, und wir alle wissen, dass es nachmittags das Gespräch gibt ... Mir wird schlecht. Doch wenn ich nicht will, dass Lilli und Anna auf mich warten, muss ich mich jetzt beeilen. Na dann mal los...

„Hey", begrüßt mich Anna, während sie ihre Brille zurück auf die Nase schiebt. „Lilli hat mir geschrieben, dass sie sich verspätet. Sie hat ihren Wecker nicht gehört. Aber sie ist auf dem Weg."

„Okay. Haben deine Eltern auch eine E-Mail von Majas Mutter bekommen?", frage ich Anna.

„Weiß nicht", antwortet sie schulterzuckend.

„Ich hatte echt Angst, dass meine Mutter richtig schimpft, aber zum Glück konnten wir in Ruhe darüber reden, und sie war echt verständnisvoll. Ich bin so froh, wenn wir das Gespräch heute hinter uns gebracht haben. Ich bin schon mit Bauchschmerzen aufgewacht", erzähle ich Anna.

„Ach, das wird schon. Ich glaube, Herr Schotter wird uns unterstützen", antwortet Anna gelassen.

Mann, ist die cool...

„Da kommt Lilli!", rufe ich.

„Oh, Leute, es tut mir echt leid, jetzt müssen wir schon gleich rein ... Gibt es von eurer Seite noch was?", fragt sie keuchend und streicht ihre Locken aus dem Gesicht.

„Nö", antworten Anna und ich gleichzeitig.

„Okay, von mir auch nicht. Wir ziehen das heute durch. Meine Mutter hat gestern eine E-Mail von Majas Mutter bekommen und war echt sauer. Sie will nicht, dass andere sich von mir ausgeschlossen fühlen", erzählt Lilli.

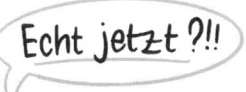

Echt jetzt?!!

„Hast du ihr nicht gesagt, wie es für uns ist und wie gemein Maja ist?", frage ich Lilli.

„Dafür war dann keine Zeit mehr. Mein Bruder hat geweint und meine Schwester war in der Badewanne, es war alles etwas hektisch. Egal, wir klären das ja heute hoffentlich", sagt Lilli und zieht uns Richtung Eingang.

Ja, das hoffe ich auch. Ich habe wirklich genug von den Bauchschmerzen.

„Anna, Lilli, kommt mal zur Ruhe!", ermahnt Herr Schotter meine Freundinnen, nachdem wir mit dem Klassenrat fertig sind und die beiden immer noch tuscheln. Maja lächelt schadenfroh. Oh, diese gemeine Person! Na ja, vielleicht bin ich jetzt auch etwas empfindlich…

„Bitte sucht euch einen der beiden Texte aus und bearbeitet die Aufgabe zu zweit mit eurem Nachbarn oder eurer Nachbarin. Wer fertig ist, kann sich dann bis zur nächsten Pause wieder an die Kulissen machen", erklärt Herr Schotter.

Anna und ich entscheiden uns für den Text über die Vögel, Frösche finden wir irgendwie eklig. Arme Lilli, sie muss mit Maja arbeiten, sie entscheiden sich auch für die Vögel. Wir wollen schnell fertig werden, denn wir haben noch ganz schön viel für die Kulissen zu tun. Ich beobachte Lilli und Maja, und es sieht sogar ganz friedlich bei den beiden aus. Wenn Maja nicht gemein ist, kann sie eigentlich auch wirklich nett sein. Man weiß leider nur nie, wann es wieder umschlägt…

„Wir sind fertig", sagt Lilli zu uns.

„Wir brauchen noch ungefähr fünf Minuten. Ihr könnt ja schon mal alles für die Kulissen holen, dann sind wir bestimmt auch gleich fertig", entgegnet Anna.

„Klar, wir machen die Arbeit für euch. Kommt nicht in die Tüte!", blafft Maja Anna an.

„Okay, dann wartet einfach so lange, ist ja kein Problem", versuche ich es versöhnlich, obwohl mir eigentlich echt nicht danach ist.

Lilli verdreht die Augen und geht zu den Bastelschubladen. Maja holt ihr Handy raus, tippt darauf rum und macht keine Anstalten, Lilli zu helfen. Sie ist wirklich ein schwieriger Charakter, würde Oma jetzt sagen. Anna und ich beeilen uns, um Lilli zu helfen. Lilli ist zwar fast schon fertig, aber wir holen noch Klebestifte und Scheren. Als wir an der Bastelschublade stehen, flüstere ich Anna zu: „Und du meinst, das wird schon?"

„Ja, entspann dich", antwortet sie und zwinkert mir zu.

Ich hoffe, sie hat recht. Während wir an den Kulissen arbeiten, herrscht absolute Stille an unserem Tisch. Keine von uns spricht. Maja schnippelt lustlos an einem Blütenblatt herum, aber eigentlich macht sie nichts. Wir schaffen das nie, wenn sie immer nur ein Blütenblatt pro Stunde schafft.

„Maja", versuche ich es, doch Lilli schüttelt energisch ihren blonden Lockenkopf und gibt mir Zeichen, dass ich sie in Ruhe lassen soll. Vielleicht hat sie recht und es ist besser so.

„Ja?", antwortet Maja genervt, ohne den Kopf zu heben.

„Ach, nichts. Alles gut", antworte ich und klebe weiter.

Die letzte Stunde ist vorbei und die meisten haben es eilig, nach Hause zu kommen. Wir vier bleiben sitzen und warten, bis Herr Schotter uns ein Zeichen gibt.

„Kommt, wir gehen in mein Büro", fordert er uns auf. Eigentlich ist es das Zimmer, in dem alle Bücher und Materialien sind, die nicht im Klassenzimmer sind. Und dort stehen auch zwei Schreibtische mit Computern für die beiden Lehrer und die Erzieherin. Ich merke, wie mein Herz beginnt zu rasen und mein Bauch sich noch weiter zu verknoten scheint. Am liebsten würde ich jetzt rausrennen und mich übergeben. Aber jetzt führt wohl kein Weg mehr daran vorbei.

Sybille sitzt schon auf einem Stuhl und schaut uns streng an. Ich habe das Gefühl, sie mag mich nicht.

„Setzt euch", fordert Herr Schotter uns auf und zeigt auf die Couch, die gegenüber von Sybille steht.

Wir quetschen uns auf das kleine Sofa, das macht es jetzt auch nicht einfacher. Maja setzt sich auf die Lehne, niemand sagt etwas.

„Dann schießt mal los, wo drückt der Schuh?", fragt Herr Schotter. Immer noch Stille. Keine von uns vieren sagt etwas. Anna und Lilli schauen mich an, Maja spielt mit ihren Fingern.

„Dann fange ich mal an", sage ich, da ich die Stille nicht mehr aushalte. „Für mich ist es so, dass Maja ziemlich oft gemeine Dinge zu uns sagt, wie beispielsweise, ich sei langweilig, Lilli sei fett, Anna sei langsam im Kopf und noch vieles mehr. Das führt dazu, dass wir nicht mehr gerne mit ihr spielen oder mit ihr arbeiten wollen, denn wir möchten nicht von ihr beleidigt werden. Dadurch fühlt Maja sich ausgeschlossen und beschwert sich bei Sybille, die dann mit uns schimpft und uns zwingt, mit Maja zu spielen und zu arbeiten. Dann fängt alles wieder von vorne an. Das ist das ganze Problem zusammengefasst."

„Was sagst du dazu, Maja?", fragt Herr Schotter.

„Ich beleidige sie gar nicht. Ich habe mal einen Witz gemacht, aber sie nehmen das immer gleich so ernst und schließen mich dann aus. Ich bin ja gerade erst wieder zurück und möchte doch nur Freundinnen finden", sagt Maja in einem etwas weinerlichen Ton.

„Findest du es etwa witzig, mir zu sagen, dass ich langsam im Kopf bin?", kreischt Anna, die es nicht schafft, die Ruhe zu bewahren.

„Anna!", ermahnt Sybille sie.

„Entschuldigung, aber ich finde es unglaublich, wie Maja das Ganze herunterspielt!", schnaubt Anna wütend.

„Okay", sagt Herr Schotter in seiner ruhigen Art. „Ich habe verstanden, dass Maja Dinge sagt, die sie nicht so meint, die euch aber verletzen, ist das richtig?"

„Ob sie das nicht so meint, wissen wir nicht", sagt Anna trotzig.

„Gehen wir mal davon aus, Anna, dass Maja es nicht so meint", versucht Herr Schotter zu vermitteln.

„Ja", antworten Lilli und ich.

„Verletzen trifft es ziemlich genau", ergänze ich.

„Und du, Maja, fühlst dich ausgeschlossen, weil die drei, wenn sie sich verletzt fühlen, nicht mit dir spielen und arbeiten wollen, ist das richtig?", fragt Herr Schotter.

„Ja, so kann man das sagen", mault Maja. „Aber ich will sie doch nicht verletzen. Ich will nur witzig sein, damit sie mich mögen", versucht sie, ihr Verhalten zu erklären.

„Was hältst du davon, Maja, wenn du diese Art von Witzen bei den dreien versuchst zu vermeiden und einfach du selbst bist? Du musst nicht besonders witzig sein, um gemocht zu werden", schlägt Herr Schotter vor. Maja nickt daraufhin nur.

„Und ihr drei, könnt ihr euch vorstellen, während der Stunden mit Maja ohne Theater zu arbeiten? Wenn ihr etwas zu dritt machen wollt, könnt ihr das ja in die Pausen oder auf den Nachmittag verschieben."

„Ja, das können wir", antworte ich für uns drei. „Aber fühlt sie sich dann nicht ausgeschlossen, wenn wir in der Pause etwas zu dritt machen wollen?"

„Maja?", fragt Herr Schotter.

„Eigentlich schon", antwortet sie und ihr rollt eine Träne über die Wange. Jetzt tut sie mir richtig leid.

„Gibt es einen Vorschlag von euch, wie wir das Problem lösen können?", fragt Herr Schotter in die Runde.

„Wir können ja auch mal mit Maja spielen. Aber wir wünschen uns, dass sie nicht beleidigt ist, wenn wir mal was ohne sie machen wollen. Wir machen ja auch nicht immer was zu dritt. Wir treffen uns ja auch mal mit anderen, und da ist niemand beleidigt oder fühlt sich ausgeschlossen. Wir sind ja noch viel mehr in der Klasse als nur wir vier", erkläre ich.

„Was hältst du davon, Maja? Kannst du dir vorstellen, auch mal mit anderen zu spielen, wenn die drei was alleine machen wollen, ohne dich ausgeschlossen zu fühlen?", fragt Herr Schotter sie.

„Ja, das kann ich", antwortet Maja und ich spüre, wie mir ein Stein, nein, ein ganzer Fels vom Herzen fällt.

„Ist euer Problem dann gelöst? Haben wir einen für alle akzeptablen Kompromiss gefunden? Oder braucht ihr noch etwas, damit es euch mit diesem Thema besser geht?", fragt Herr Schotter.

Anna, Lilli und ich schauen uns an.

„Nein, für uns ist es dann gut", antwortet Anna. Lilli und ich nicken.

„Für mich auch", antwortet Maja leise und steht auf.

„Gut, ihr Lieben, dann hoffe ich, dass ich euch helfen konnte und ihr es in Zukunft schafft, achtsamer miteinander zu sein. Habt einen schönen Nachmittag", verabschiedet uns Herr Schotter.

„Tschüss", verabschieden wir uns. Auch Sybille, die kein einziges Wort gesagt hat, verabschiedet sich mit einem Tschüss und nickt zum Abschied.

Echt jetzt?!! Dafür musste Sybille unbedingt dabei sein? Für ein Tschüss und ein Nicken? Das muss ich wirklich nicht verstehen – Augenverdreh-Smiley.

Kapitel 21
Sommerferien in Gefahr

„Clara, bist du es oder ist es der Nikolaus?", frage ich aufgeregt, denn ich versuche schon seit Tagen, sie zu erreichen.

„Ich bin's", murmelt meine beste Freundin.

„Hey, alles okay? Ich wollte dich schon letzte Woche anrufen, hier ist so viel passiert. Ich muss dir alles erzählen und dann müssen wir noch unsere Ferien planen. Gott sei Dank haben Berlin und Hamburg zur gleichen Zeit Ferien. Ich könnte es nicht aushalten, wenn ich nur eine Ferienwoche ohne dich verbringen müsste ... Wir holen euch ja ab und dann geht es direkt nach Dänemark. Ich freue mich schon so auf unser Haus in den Dünen, das wird ein Spaß. Und wir essen jeden Tag Eis, ja? Hoffentlich gibt es dort auch so einen Eiswagen wie im letzten Jahr. Aber erst mal von vorne. Hier war vielleicht was los. Wir hatten so einen Streit, es ist eine Neue in die Klasse gekommen. Na ja, neu ist sie eigentlich nicht…"

„Lina, halt mal die Luft an, ich muss dir was sagen", unterbricht Clara mich, und ihre Stimme klingt ernst.

„Okay, entschuldige. Es hat sich so viel angesammelt und ich weiß einfach nicht, mit was ich zuerst anfangen soll. Wir haben so lange nicht gesprochen. Also, ich bin jetzt mal still. Was musst du mir sagen?"

„Das mit Dänemark klappt wahrscheinlich nicht…", flüstert Clara und ich höre, wie sie mit den Tränen kämpft.

„Wie, das klappt nicht?", frage ich ungläubig. „Das muss klappen, wir haben das schon ewig geplant!"

„Ich weiß, Lina, aber Oma ist krank. Richtig krank. Wir wissen noch nicht genau, wie es weitergeht. Mama ist im Moment bei ihr und hilft bei allen Arztbesuchen und Untersuchungen. Es sieht aktuell so aus, als müssten wir die Sommerferien bei Oma verbringen. Papa hat ja nicht viel Urlaub, gerade im Sommer ist bei ihm Hochsaison, daher kann er nicht weg. Ich weiß gerade nicht, was schlimmer ist. Dass Oma so krank ist oder dass ich nicht mit dir in den Urlaub kann. Es tut mir so leid, Lina, aber ich kann gerade nicht klar denken…", Clara fängt an zu weinen.

„Oh nein, Clara! Und ich rede die ganze Zeit nur von mir. Das tut mir so leid! Kann ich irgendetwas tun?"

„Nein, eigentlich nicht. Nur die Daumen drücken, dass

Oma wieder gesund wird", antwortet Clara und schluchzt.

„Ich hasse es, dass ich dich jetzt nicht in den Arm neh-men kann! Aber im Herzen bin ich ganz doll bei dir! Mann, was kann ich nur tun, damit es dir besser geht?", frage ich mehr mich selbst als Clara.

„Es hilft mir schon, wenn du einfach nur da bist und ich mich ausweinen kann. Vor Mama will ich nicht weinen, da sie selbst so traurig ist, und ich will sie nicht noch trauriger machen", antwortet Clara. „Weißt du, Oma war immer so fit. So wie deine Oma Heide, nicht so lustig, aber fit war sie. Und gesund. Sie hat jeden Tag Sport gemacht und gesund gegessen. Und jetzt das. Ich weiß einfach nicht, was ich tun soll…"

„Ach Schatzi-Mausi", versuche ich es und höre, wie Clara durch die Tränen etwas kichern muss. „Ich bin da, wenn du mich brauchst. Und unseren Urlaub gebe ich noch nicht auf. Wir glauben jetzt ganz fest daran, dass es deiner Oma bald besser geht, okay?", versuche ich Clara Mut zu machen.

„Okay", antwortet sie mit etwas festerer Stimme. „Ich hab dich lieb, Lina. Danke, dass du meine Freundin bist."

„Danke, dass DU meine Freundin bist. Ich hab dich auch lieb, Clara", flüstere ich.

„Du, ich muss jetzt auflegen. Ich melde mich wieder, wenn ich mehr weiß, ja?"

„Ja, mach das. Ich nehme jetzt immer das Handy mit ins Bett, dann kannst du mich immer anrufen."

„Danke, Lina. Du bist wirklich die Beste!", sagt Clara und legt auf.

Oh Mann! Das ist ja richtiger Mist! Ich renne die Treppen runter zu Mama und stolpere unten prompt über Lotte, die vor der Treppe liegt. Au, das hat wehgetan. Ich reibe mein Knie und da leckt Lotte mir schon Knie und Gesicht ab. Ich muss lachen. Sie ist auch immer da, wenn man sie braucht.

„Mama!", rufe ich.

„Was ist denn? Abendbrot gibt es erst in einer halben Stunde, aber du kannst schon mal den Tisch decken. Leo hat Besuch, also bitte für fünf", ruft Mama zurück. Sie sitzt in der Küche, blättert in einem Buch und macht sich Notizen.

„Mama, wusstest du, dass Claras Oma krank ist und sie wahrscheinlich nicht mit nach Dänemark kann?", frage ich.

Mama dreht sich zu mir und setzt mich auf die Arbeitsplatte, wie sie es früher immer gemacht hat.

„Ja, mein Schatz. Eva hat mich angerufen. Sie wollte aber, dass Clara es dir selbst erzählen kann. Sie wissen noch nicht genau, was es ist, aber es sieht nicht gut aus. Was bedeutet, dass du deine Ferien vielleicht ohne deine beste Freundin verbringen musst. Das tut mir sehr leid, ich weiß, wie sehr du dich auf die Ferien gefreut hast", antwortet Mama.

„Und wenn es doch nichts Schlimmes ist?", frage ich hoffnungsvoll …

„Warten wir es ab, wir können jetzt nichts tun, außer für die beiden da zu sein", antwortet Mama und streicht mir über die Haare.

Tränen-Smiley!

„Kann ich Clara ein Aufmunterungspaket schicken? Dann hat sie wenigstens etwas von mir. Melonengummibärchen und Pupsschleim dürfen nicht fehlen, und vielleicht können wir ja T-Shirts batiken, das wollten wir schon so lange machen. Dann schicke ich ihr eins und eins behalte ich. Und ich schreibe ihr Gute-Laune-Zettel, die kann sie dann aufmachen und lesen, wenn sie gute Laune braucht."

„Das ist eine tolle Idee, Lina, das machen wir", sagt Mama. „Schreib mir eine Liste, was ich besorgen soll, und dann machen wir am Wochenende das Päckchen fertig, okay?"

„Super, so machen wir das."
Ich atme erleichtert auf. Immerhin habe ich jetzt einen Plan.

Ich mache mich an die Liste:

- *Melonengummibärchen, mind. 2 Packungen*
- *Pupsschleim in Türkis*
- *2 weiße T-Shirts*
- *Batikfarbe in Türkis, Blau und Lila*
- *Glitzerstifte*
- *1 Bilderrahmen*
- *Luftballons*
- *1 Klebestift*

„Ich bin fertig mit der Liste", sage ich voller Tatendrang und gebe Mama die Liste.

„Wozu brauchst du einen Bilderrahmen und welche Größe soll er haben?", fragt sie, als sie die Liste überfliegt.

„Ich will Clara eine Collage aus Bildern von uns machen, es kann also ruhig ein großer Bilderrahmen sein", antworte ich.

„Ah okay, Klebestifte habe ich noch, da kann ich dir einen geben, Luftballons auch. Den Rest besorge ich. Lass uns am Freitagnachmittag schon batiken, dann kann ich das Paket am Samstag zur Post bringen, okay?"

„Okay. Wann wird das Paket dann bei ihr sein?", frage ich.

„Montag oder Dienstag, denke ich", antwortet Mama. „Magst du Burger als Trost-Abendessen? Ich habe noch Bohnen übrig und könnte dir schnell vegane Patties machen, wenn du magst."

„Au ja, das wäre wirklich toll. Kannst du noch Pommes dazu machen?", freue ich mich.

„Klar, das dauert dann aber noch einen Moment. Geh du bitte inzwischen mit Lotte raus."

„Mache ich gerne", antworte ich und schnappe mir Leine, Kackbeutel, Leckerlis und Lotte.

Ich gehe nur eine kleine Runde um den Block. Voll in Gedanken laufe ich direkt in Dunja rein, die ihrer Mutter beim Ausladen der Einkäufe hilft.

„Hey, nicht so stürmisch", begrüßt mich Dunjas Mutter.

„Oh, Entschuldigung, ich war in Gedanken", murmle ich.

„Ich hoffe, nur schöne Gedanken an unsere nächste Karatestunde", lacht Dunja.

„Puh, nicht ganz", antworte ich.

„Was ist denn los?", fragt mich Dunja besorgt und stellt ihre Tasche ab.

Ich fasse kurz zusammen, was ich eben erfahren habe, und merke, wir mir eine Träne über die Wange läuft.

„Magst du eine Energietank-Umarmung?"

„Wenn das hilft", schniefe ich, und Dunja drückt mich

ganz lange und streicht mir über den Rücken. Das tut wirklich gut.

„Besser?", fragt Dunja, als sie mich wieder loslässt. Ich nicke.

„Ich hole dich morgen von der Schule ab, dann gehen wir wieder zusammen zum Karate und kicken die bösen Gedanken weg, ja? Wenn du magst, können wir danach bei mir Eisschokolade machen, wir haben heute alles dafür eingekauft. Sogar Sahne, das wird richtig lecker!", versucht Dunja mich aufzumuntern. Ich muss lächeln. Sie ist wirklich eine tolle Freundin.

„Ja, gerne. Ich freue mich schon auf die Karatestunde, so langsam kann ich die meisten Abläufe wirklich gut. Ich muss dann mal weiter mit Lotte. Sie kann immer nicht, wenn Leute zugucken", erkläre ich, winke und laufe weiter.

Auch wenn ich mich inzwischen ganz gut eingelebt habe und tolle Freundinnen gefunden habe, das Leben ist anders ohne Clara. Sie fehlt mir. Und jetzt noch das. Ich will die Sommerferien nicht ohne sie verbringen.

„Oder Lotte, was sagst du? Ferien ohne Clara, das geht wirklich gar nicht!" Lotte schaut mich nur kurz an und trottet dann weiter. Sechs Wochen nur mit Mama, Papa, Leo und Lotte, wie langweilig. Und Leo geht drei Wochen auf eine Segelfreizeit mit Freunden. Das heißt, die Hälfte der

Zeit bin ich nur mit Mama und Papa in Dänemark, wie langweilig. Papa muss auch einen Teil der Zeit arbeiten und ich bin sicher, Mama wird wieder ein Kochbuch schreiben, auch wenn sie versprochen hat, dass sie in den Ferien nichts macht. Und was soll ich dann machen? Ich habe ja nicht mal ein Smartphone ... Vielleicht kann ich auch zu Claras Oma mitfahren. Aber das wird Eva wahrscheinlich zu stressig. Und Clara wird bei ihrer Oma sein wollen, wenn es ihr so schlecht geht. Sie will bestimmt nicht alleine mit uns kommen. Ich will sie das auch nicht fragen, sonst fühlt sie sich bestimmt hin- und hergerissen, und das will ich auf keinen Fall. Wenn sie mit uns fahren würde und ihre Oma dann stirbt, würde ich mir das nie verzeihen ... Positiv bleiben, Lina. Vielleicht ist alles nicht so schlimm. Vielleicht ist es nur falscher Alarm, alles wird gut und es war nur ein großer Schreck. Das ist es! Nur ein Schreck. Ich werde jetzt jeden Abend ganz doll daran denken, dass es nur ein Schreck war, bis es wahr wird.

Oh, ich bin schon einmal um den Block und Lotte hat nur gepieselt und geschnüffelt. Egal, dann kann Papa ja später noch mal mit ihr raus. Ich fange jetzt mit den Gute-Laune-Zetteln für Clara an, dafür muss ich auch noch eine Schachtel basteln.

„Wie lange dauert das Essen noch?", frage ich Mama, als ich in die Küche komme.

„Etwa eine halbe Stunde. Kannst du bitte Leo fragen, ob Carsten zum Essen bleibt?", antwortet sie.

„Och nöööö, ich mag nicht bei denen rein."

„Bitte, Lina, sonst dauert das Essen noch länger. Und sei so lieb, Papa ist im Garten, sag ihm, in einer halben Stunde gibt es Essen. Wenn er vorher noch duschen will, soll er so langsam zum Ende kommen."

„Echt jetzt?!! Ich wollte mit den Gute-Laune-Zetteln für Clara anfangen, ich war doch schon mit Lotte draußen. Leo macht nie was!", meckere ich sie genervt an.

„Lina, bitte, das dauert doch nicht lange. Je schneller du den beiden Bescheid gibst, umso schneller kannst du mit deinen Zetteln anfangen", bittet Mama mich und schaut nur kurz von ihren Schüsseln auf, sodass ich nichts mehr zu sagen weiß.

„Na gut, aber dann schreibe ich drei Packungen Melonengummibärchen auf die Liste."

„Mach das", antwortet Mama und lächelt.

Ich gehe in den Garten, wo Papa in der Erde wühlt – er würde es Unkrautjäten nennen, Zwinker-Smiley.

„Papa, es gibt gleich Abendbrot, du sollst duschen!", sage ich und muss lachen, als er wie früher das Dreckmonster spielt und mich erschrecken will.

„Papa, ich bin keine drei mehr, ich habe keine Angst mehr vor dem Dreckmonster," kichere ich.

„Ach, warum denn nicht? Muss dich das Dreckmonster erst dreckig machen, uaaaaaaah!", versucht er es noch einmal.

„Ach Papachen, du musst dich daran gewöhnen, dass ich nicht mehr so klein bin", tröste ich ihn.

Papa liebt kleine Kinder wirklich sehr, früher hat er immer mit uns getobt und wild gespielt. Ich glaube manchmal, das fehlt ihm.

„Also, kleines Dreckmonster, vergiss nicht zu duschen, sonst gibt es Ärger mit dem Kochmonster", kichere ich und gehe wieder rein.

Oben in meinem Zimmer will ich gerade mit den Gute-Laune-Zetteln anfangen, da fällt mir wieder ein, dass ich auch Leo und Carsten Bescheid geben sollte. Och nöööö, das hatte ich verdrängt. Also noch mal aufstehen ... Ich klopfe an Leos Tür.

„Nein, nicht jetzt!", kommt es von drinnen.

„Leo, Mama schickt mich, lass mich rein!", nörgle ich genervt.

„Moment, warte ... Was gibt's?", fragt er und steckt seinen Kopf durch die Tür.

„In einer halben Stunde gibt es Abendessen und ich soll fragen, ob Carsten mitisst", ich komme mir wirklich dämlich vor.

„Wir zocken gerade, können wir nicht später essen?", fragt Leo genervt.

„Das musst du mit Mama klären. Aber sie will wissen, ob Carsten zum Essen bleibt", versuche ich es noch einmal.

„Willst du mitessen?", fragt Leo seinen Freund.

„Ja, gerne", antwortet der.

„Ja, Carsten isst mit, aber wir wollen erst später was essen", teilt mir mein ach so liebenswerter Bruder mit und schließt die Tür.

Mann, ist der heute wieder nett … Ich gehe noch mal zu Mama in die Küche und sage ihr, was Leo mir aufgetragen hat.

„Wenn sie später essen wollen, sollen sie sich selbst etwas machen. Aufgewärmte Burger und Pommes schmecken nicht", sagt Mama genervt.

„Kannst du ihm das bitte sagen?", frage ich sie.

„Ja, danke, Lina, mach du deine Zettel", antwortet sie.

Endlich am Schreibtisch. Wo sind noch mal meine bunten Zettel? Ah, hier. Also, los geht es:

Drei Melonengummibärchen, ein Lina-Rülps und eine fette Umarmung.

Stell dir Lotte vor, wie sie auf dem Rücken liegt und pupst.

Mann, das ist gar nicht so einfach, worüber haben wir immer so gelacht?

Meine drei blödesten Hundenamen: Waldemar, Brutus und Möpschen. Und jetzt du ...

Ich muss kichern. Ich weiß noch genau, wie mal einer Brutus und Möpschen gerufen hat und Clara und ich uns gar nicht mehr einkriegen konnten.

„Lina! Leo! Carsten! Luki! ESSEN!", ruft Mama von unten.

Mann, jetzt bin ich gerade warmgelaufen.

„Los jetzt, die Burger werden kalt!", ruft Mama noch mal hinterher.

Okay, okay, ich komme schon. Ich räume die ersten Gute-Laune-Zettel für Clara zur Seite und gehe runter in die Küche. Ich merke jetzt erst, was für einen Hunger ich habe.

„Burger? Wie cool, ich habe einen Riesenhunger. Zocken macht einfach hungrig!", freut sich Leo und macht sich über das Essen her.

„Langsam, Leo, es ist genug für alle da", ermahnt Mama Leo. „Da kommt ja mein frisch geduschter Ehemann. Komm, setz dich, es gibt Burger."

„Mhhhh, wie lecker! Wem haben wir denn das zu

verdanken?", fragt Papa.

„Frag lieber nicht, erzähle ich dir später", antwortet Mama und gibt Papa irgendwelche komischen Zeichen, die nicht mal er versteht.

Als ich aufgegessen habe, merke ich, dass ich richtig erschöpft bin vom Tag. Die Sache mit Clara hat mich echt mitgenommen.

„Mama, bist du böse, wenn ich gleich ins Bett gehe? Ich bin total müde", frage ich, während die anderen noch essen.

„Nein, mein Schatz, geh ruhig. Es war ganz schön viel heute für dich. Ich komme gleich noch mal zu dir", antwortet Mama liebevoll und nickt mir zu. Ich bin echt froh, dass ich meine Eltern habe, auch wenn gerade wirklich alles blöd ist mit den Ferien, auf Mama und Papa ist immer Verlass. Und ja, oft beneide ich Anna um ihre Freiheiten, weil ihre Eltern geschieden sind und ihre Mutter oft im Ausland ist. Aber ich bin so froh, dass meine Eltern immer für mich da sind. Wenn das bedeutet, dass ich noch auf ein Smartphone warten muss, dann ist das irgendwie okay.

Kapitel 22
Ein Paket voller guter Laune

„Ist jetzt alles drin?", fragt Mama, als wir das Paket zukleben wollen.

„Warte, ich schau noch mal alles durch", bitte ich sie, packe alles noch mal aus und wieder ein. „Alles drin. Ich habe noch einen Brief geschrieben, damit Clara weiß, was es mit den Gute-Laune-Zetteln auf sich hat, und nicht alle auf einmal liest."

„Super, mein Schatz! Das T-Shirt ist wirklich schön geworden. Das nächste Mal musst du unbedingt auch eins für mich machen. Du bist wirklich eine Künstlerin", sagt Mama lächelnd und klebt das Paket zu. „Jetzt noch die Marke drauf und dann ab zur Post."

„Wahnsinn, schon die vorletzte Schulwoche, wie schnell jetzt alles ging. Wann fahren wir noch mal nach Dänemark?", frage ich.

„Übernächsten Freitag. Mittwoch ist der letzte Schultag und Donnerstag habe ich noch mal ein Verlagsmeeting."

„Aber am letzten Schultag gehen wir essen wie jedes Jahr, oder?"

„Na klar, mein Schatz, wo wollt ihr denn hin?", fragt Mama.

„Mhhhh... ich kenne mich hier noch nicht so gut aus. Pizza wäre schön", antworte ich.

„Wir können heute Abend mal darüber sprechen, wenn alle da sind", schlägt Mama vor.

„Gute Idee! Ich bin heute noch mit Dunja verabredet, wir wollen den neuen Eisladen am S-Bahnhof ausprobieren und dann vielleicht noch schwimmen gehen. Wann soll ich denn wieder da sein?", frage ich.

„Acht Uhr reicht. Ich will heute noch Grillsalate ausprobieren, denn ich habe eine Idee für ein Grillbuch, die ich dem Verlag nächste Woche vorschlagen will. Daher gibt es heute Abend Salate, und wir können jeden Besuch, der mitisst, gebrauchen. Also lade Dunja gerne zum Abendessen ein", antwortet Mama.

„Okay, mache ich."

Mist, es gibt kein Vanilleeis. Welcher Eisladen hat bitte schön kein Vanilleeis? Na, dann werde ich heute mal was anderes probieren.

„Ich nehme eine Kugel Pfirsich-Maracuja im Becher", sage ich und lege das Geld hin. „Was nimmst du?", frage ich Dunja.

„Für mich bitte eine Kugel Erdbeere in der Waffel."

„Erdbeere? Ich kenne wirklich niemanden, der Erdbeereis isst", lache ich.

„Jetzt kennst du jemanden. Mit Erdbeere kann man einfach nie was falsch machen, das schmeckt immer gut. Daher fange ich bei neuen Eisläden immer mit Erdbeere an und warte, was die anderen über die anderen Sorten sagen. Außerdem mag ich Erdbeereis wirklich", erklärt Dunja.

Ich bekomme meine Kugel im Becher und da steckt eine Waffel drin. *Echt jetzt ?!!* Warum bestelle ich wohl im Becher? Weil ich keine Lust auf eine Waffel habe. Ich kann die aber jetzt nicht wegwerfen, denn Mama würde ausflippen, wenn sie wüsste, dass ich Essen wegwerfe.

„Magst du meine Waffel?"

„Nö, danke, ich habe ja selbst eine", antwortet Dunja.

Na gut, dann esse ich sie halt – Augenverdreh-Smiley.

„Die Farbe von meinem Eis irritiert mich, warum ist Pfirsich-Maracuja weiß? Pfirsich ist orange und Maracuja gelb, wie bekommen die es hin, dass das Eis weiß ist?", überlege ich laut.

„Vielleicht haben sie nur Aromastoffe und keine echten Früchte drin?", überlegt Dunja.

„Na klasse. Also so richtig lecker ist mein Eis nicht, wie ist deins?", frage ich.

„Wie gesagt, mit Erdbeere kann man nie was falsch machen, das schmeckt immer. Aber ich habe ehrlich gesagt auch schon besseres Eis gegessen. Willst du mal probieren?", bietet Dunja mir ihr Eis an und ich nehme ein wenig mit meinem Löffel.

„Okay, deine Erdbeer-Strategie ist vielleicht gar nicht so schlecht ...", gebe ich zu.

„Siehst du?", lacht Dunja und ich biete ihr meins zum Probieren an.

„Also ehrlich gesagt wüsste ich nicht, nach was das schmecken soll, wenn ich es nicht gelesen hätte. Seltsamer Geschmack. Pfirsich und Maracuja ist das jedenfalls nicht", beurteilt Dunja mein Eis.

„Sehe ich leider auch so. Na ja, egal, es kühlt immerhin. Lass uns nach Hause gehen und unsere Schwimmsachen packen."

„Gute Idee. Let's go der Hase!", sagt Dunja und läuft schneller.

„Let's go der Hase?", lache ich. „Was soll das denn heißen?"

Dunja muss auch lachen.

„Ach, das hat eine Kindergärtnerin von mir immer gesagt, und das fand ich als kleines Kind so lustig, dass ich es irgendwie übernommen habe. Manchmal kommt es einfach raus", erklärt sie mir.

Wir lachen beide und fangen an zu singen: „Let's go der Hase, let's go der Hase!"

Wir kichern und singen abwechselnd den ganzen Heimweg.

Kurz bevor wir zu Hause sind und gerade ein neues „Let's go der Hase" anstimmen, sehen wir Herrn Uwe vor seinem Haus stehen, in einem weißen Hemd und – haltet euch fest – Herzchenunterhose! Dunja und ich schauen uns an und müssen laut lachen. Herr Uwe, der an seiner Tür rüttelt, dreht sich mit hochrotem Kopf um und sagt offensichtlich beschämt: „Das mag lustig wirken, ist es aber keinesfalls. Ich bin verabredet und wollte meine Schuhe reinholen, jetzt habe ich mich ausgesperrt. Ich komme noch zu spät…!"

„Da oben ist ein Fenster offen, können Sie da nicht hochklettern?", frage ich und muss ein Kichern unterdrücken.

„Ohne Leiter schaffe ich es nicht, da sind so viele Äste von dem Birnbaum davor. Mann, mir läuft die Zeit davon. Und ich kann Birgit nicht einmal anrufen. Das ist alles so ärgerlich!", schimpft Herr Uwe vor sich hin.

„Wir haben eine Leiter, soll ich die holen und Sie steigen damit rauf in den ersten Stock?", versuche ich zu helfen.

„Oh ja, Kind, wenn du das tun könntest, würde mir das sehr helfen", antwortet Herr Uwe erleichtert und zieht seine rutschenden Socken hoch.

„Ich eile. Hilfst du mir, Dunja?"

„Klar, ich komme mit."

Als wir im Haus sind, sagt Dunja: „Da bekommt Let's go der Hase eine ganz neue Bedeutung. In Zukunft singen wir: Let's go der Hase in Herzchen-Unterhose." Wir beide können uns gar nicht mehr einkriegen vor Lachen.

„Mama, wo ist die Leiter?", rufe ich in die Küche.

„Im Keller, wozu brauchst du eine Leiter?", fragt Mama.

Ich erzähle ihr die Geschichte und da muss selbst Mama lachen. Sie hilft uns, die Leiter aus dem Keller zu holen, und bringt sie uns bis zur Haustür.

„Schafft ihr das allein? Ich glaube, Herr Uwe möchte nicht noch eine Zuschauerin bei seiner Kletterpartie."

„Klar schaffen wir das", antworte ich und trage die Leiter gemeinsam mit Dunja zum Haus nebenan, vor dem Herr Uwe inzwischen auf der Treppe sitzt.

„Oh, ihr seid meine Retterinnen! Danke, ihr beiden. Könnt ihr die Leiter halten, während ich nach oben klettere? Ich bin nicht mehr der Jüngste, wisst ihr", bittet uns Herr Uwe.

„Klar, gerne!", antworten wir gleichzeitig und grinsen uns an.

Wir legen die Leiter oben ans Fenster, halten sie unten fest und unser Herzchenunterhose tragender Nachbar klettert hoch.

„Au!", kommt es von oben.

Er hat sich das Bein an einem Ast aufgeschrammt. Der Arme!

„Den Birnbaum muss ich unbedingt beschneiden, so ein Mist", schimpft Herr Uwe, reibt sich sein Bein und klettert weiter.

Plötzlich bleibt er mit seiner Socke an einem Ast hängen. Die Socke rutscht von seinem Fuß und fällt – genau auf Dunjas Gesicht. Jetzt kann ich mein Lachen nicht mehr verkneifen. Dunja verzieht das Gesicht und schaut mich böse an, doch dann muss sie auch lachen.

„Ich habe meine Socke verloren", schimpft Herr Uwe.

„Dunja hat sie gefangen", lache ich.

„Oh, danke!", kommt es von der Leiter.

Er hat nicht mitbekommen, dass die Socke in Dunjas Gesicht gelandet ist, und wir ersparen ihm eine weitere Peinlichkeit.

Endlich hat er es geschafft: Herr Uwe ist oben ange-kommen und klettert durch das Fenster. Dabei bleibt er mit der anderen Socke hängen und, oh nein, sie bleibt im Birnbaum hängen. Herr Uwe versucht, aus dem Fenster nach der Socke zu greifen, und reißt sich dabei das Hemd auf. Oje, der arme Mann!

„Lassen Sie mal, Herr Uwe, ich klettere hoch und hole Ihre Socke. Kommen Sie lieber durchs Haus", versuche ich ihn von weiteren Missgeschicken abzuhalten.

„Okay, ich rufe zuerst kurz Birgit an und sage ihr, dass ich mich verspäte. Dann komme ich gleich zu euch", sagt Herr Uwe erleichtert.

Ich klettere nach oben, hole die Socke und dann warten wir vor seinem Haus.

Als Herr Uwe die Tür öffnet, trägt er eine Hose und ein frisches Hemd.

„Danke, Kinder, ihr habt mich wirklich gerettet. Hier, als kleines Dankeschön eine Tafel Schokolade für euch." Herr Uwe drückt uns eine Tafel Kaffee(!)-Schokolade in die Hand und nimmt uns seine Socken ab.

„Ach, das ist doch nicht nötig, wir haben das gerne gemacht. Nachbarschaftshilfe und so", antworte ich und versuche, die Tafel Kaffee(!!)-Schokolade wieder zurückzu-geben.

„Das ist doch das Mindeste! Ich muss mich jetzt beeilen. Bis bald, Kinder", antwortet Herr Uwe und schließt die Tür.

Seine Schuhe stehen immer noch draußen. Ob wir die Leiter noch dalassen sollen? Wir warten noch einen Moment und tragen die Leiter dann doch zurück nach Hause.

„Magst du Kaffee-Schokolade?", frage ich Dunja, als wir die Leiter verstaut haben.

„Nö, die kannst du gerne behalten", antwortet sie.

„Mh, dann gebe ich sie meinen Eltern. Spätestens wenn Papa gar nichts Süßes findet, wird er sie schon essen", kichere ich.

„Ich geh dann mal meine Schwimmsachen holen. Wir gehen doch noch an den See, oder?", fragt Dunja.

„Klar! Dann geh mal, wir treffen uns gleich draußen. Ich nehme Kroko und zwei Limos mit. Oder wie wir jetzt sagen: Let's go der Hase in Herzchenunterhose!", antworte ich und muss schon wieder lachen.

„Lina, aufwachen! Du kommst noch zu spät!", höre ich die Stimme von Mama.

„Es ist doch noch mitten in der Nacht", murmle ich total verschlafen.

„Vielleicht hättest du gestern nicht so lange mit Clara telefonieren sollen, mein Schatz. Komm, steh auf, du musst noch was essen und dich anziehen", sagt Mama lieb, aber bestimmt, während sie mir die Bettdecke wegzieht.

Ich versuche sie festhalten, doch Mama ist stärker. Also stehe ich auf und gehe nach unten.

„Vergiss nicht, deine Sportsachen einzupacken, du hast Karate nach der Schule", erinnert Mama mich, als sie mir einen Kakao reicht und einen Teller mit einem getoastetem Brot rüberschiebt.

„Ach ja, eigentlich habe ich gar keine Lust mehr auf Karate, das ist immer so anstrengend. Aber Dunja möchte es so gerne mit mir weitermachen und ich will sie irgendwie nicht hängen lassen", überlege ich laut.

„Ja, mach das mal weiter, das tut dir gut und du lernst dich selbst zu verteidigen. Das ist wichtig für Mädchen", sagt Mama zu meinen Überlegungen.

„Du hast ja recht ..." murmle ich. „Außerdem ist Franzi auch in dem Kurs, und die mag ich echt gerne, auch wenn ihr Bruder ein Vollpfosten ist."

„Los jetzt, Lina, iss was. Du kommst sonst zu spät", ermahnt mich Mama.

„Ich habe keinen Hunger. Kann ich mir das Frühstück einpacken?", frage ich, obwohl ich die Antwort schon kenne.

„Ich will nicht, dass du mit leerem Magen aus dem Haus gehst. Dann iss wenigstens ein bisschen Obst und pack das Brot ein. Was willst du denn drauf?"

„Was darf ich denn?"

„Keine Schokolade, wenn das die Frage ist. Du weißt, Schokolade gibt es nur am Wochenende", antwortet Mama, wie sie eben ist. „Es gibt noch Tomaten-Pistazien-Aufstrich, möchtest du den?"

„Ja, gerne", antworte ich, streiche mein Brot und esse noch ein paar Erdbeeren und Himbeeren.

Am Nachmittag bin ich fix und fertig vom Karate, bei der Hitze ist es in der Halle wirklich unerträglich und Sarah zieht das Training trotzdem voll durch. Zugegeben, wir haben heute zum Abschluss ein Eis bekommen. Das war echt voll nett. Ich werfe meine Sportsachen in die Ecke und gehe in die Küche, um mir eine Apfelschorle zu machen.

„Hey, mein Schatz", begrüßt mich Mama, „Clara hat versucht, dich zu erreichen, ruf sie doch bitte mal zurück."

„Okay, gleich nach meiner Apfelschorle", antworte ich. „Und bitte geh duschen", sagt Mama, die direkt neben mir steht.

„Stinke ich etwa?", frage ich entsetzt.

„Na, stinken würde ich nicht sagen, aber man merkt, dass du Sport gemacht hast", antwortet Mama diplomatisch.

Ich mische Apfelsaft und Mineralwasser, nehme einen großen und ein paar kleinere Schlucke und gehe mit meinem Glas nach oben in mein Zimmer. Mist, Handy unten vergessen, Augenverdreh-Smiley. Ich renne noch mal runter und hole mein Handy. Oh, Clara hat auch hier versucht, mich zu erreichen. Bestimmt hat sie mein Paket bekommen. Ich bin schon ganz aufgeregt, wie es ihr gefällt ...

„Lina?", ruft Clara sofort nach dem ersten Klingeln, ich muss lachen.

„Ja, Clara?", antworte ich.

„Knacki, Trulla und Dr. Lütgert", lacht Clara.

„Hä?", frage ich, ich stehe voll auf dem Schlauch.

„Na, die drei lustigen Hundenamen, das stand auf dem ersten Gute-Laune-Zettel", lacht sie.

„Ahhh. Das Paket ist also angekommen", freue ich mich.

„Ja, allerbeste Freundin, ich habe mich sooooo gefreut. Du bist wirklich die Beste!! Und das T-Shirt ist so, so schön!", schwärmt sie.

„Freut mich, dass es dir gefällt. Ich habe es selbst gemacht und ich habe auch eins."

„Und ich habe schon fast eine ganze Packung Melonengummibärchen gegessen. Weißt du, was überhaupt das Tollste ist?", Clara redet gefühlt ohne zu atmen, sie ist wirklich gut drauf.

„Nein, aber ich bin sicher, du wirst es mir gleich verraten", lache ich und freue mich, dass es ihr besser geht.

„Wir haben heute die Ergebnisse von den Untersuchungen bekommen. Der Tumor bei Oma ist gutartig. Sie operieren ihn trotzdem raus und dann wird Oma ganz schnell wieder gesund. Also nichts Schlimmes. Und das heißt ...", Clara macht eine Pause.

„Das heißt was?", frage ich aufgeregt und traue mich gar nicht zu hoffen, was ich hoffe.

„Ich fahre mit nach Dänemark!", platzt Clara heraus und wir freuen uns beide so unendlich, dass man es gar nicht in Worte fassen kann.

„Oh, was für schöne Nachrichten! Also für deine Oma und euch alle, aber auch für mich!"

„Mama hat schon mit Lorelei gesprochen, ihr holt mich ab und ich fahre erst mal mit euch alleine. Sobald Oma nach der Operation wieder auf den Beinen ist, kommt Mama nach!", kreischt Clara inzwischen fast.

„Wow, das ist besser als Geburtstag und Weihnachten zusammen! Sechs Wochen Sommerferien, wir beide. Ich flippe aus. Wir müssen unbedingt besprechen, was wir alles mitnehmen wollen", freue ich mich und merke, dass ich fast schreie vor Freude.

„Ja, das machen wir, aber nicht jetzt. Ich muss jetzt gleich los. Ich habe Mama versprochen, dass ich mit ihr einkaufen gehe, aber ich wollte unbedingt, dass du das von mir erfährst", sagt Clara. „Die Gute-Laune-Zettel hebe ich mir trotzdem für schlechte Tage auf, das war eine echt tolle Idee, Lina. Ich hab dich lieb, allerliebste Freundin", verabschiedet sie sich.

„Ich hab dich auch lieb, Clara", sage ich glücklich, und wir legen auf.

Ich hab dich auch lieb, Clara!

ENDE

Danksagung von Sophie Schlösser

Ich danke meiner Mutter, dass sie immer für mich da ist, mich in allen Dingen unterstützt und meine allerbeste Freundin ist.

Ich danke meinem Vater, dass er immer für mich da ist, mir zuhört und mit mir Witze reißt.

Ich danke meinem Bruder, der mich immer beschützt.

Ich danke Herrn Schütze, der mich in allen Entscheidungen unterstützt hat, mir geholfen hat, das Beste aus mir rauszuholen, und der wirklich der allerbeste Lehrer auf dem ganzen Planeten ist. Ich wünsche jedem Kind einen Herrn Schütze.

Danksagung von Susanne Schlösser

Ich danke dem Leben, das mir so viel Freude, Inspiration, wundervolle Menschen und Augenblicke schenkt.

Ich danke meiner wundervollen Tochter Sophie. Danke für Dein Sein, dafür, dass ich so viel von Dir lernen darf, und für die unvergessliche gemeinsame Zeit, die zu diesem Buch geführt hat.

Ich danke meinem Sohn und meinem Mann. Ihr macht unsere Familie vollkommen.

Ich danke meiner Mutter, die immer an mich geglaubt

und mir Mut gemacht hat, meinen eigenen Weg zu gehen.

Ich danke Lars Amend. Danke für Deine Unterstützung, danke, dass Du mir gezeigt hast, dass man Dinge einfach machen muss, ohne lange nachzudenken.

Ich danke Antonia Schulemann, die von Anfang an an das Buch geglaubt hat. Und ich danke Dir für das wundervolle Miteinander.

Danke an alle Ladies von Ladies Mentoring, die mich schon so lange begleiten und mir Mut und Selbstvertrauen gegeben haben und immer noch geben. Danke, Tatjana Kiel, Du hast mich gelehrt, dass Ichsein und Neinsagen total okay sind.

Danke an das Coaching Center Berlin, ohne das ich nicht dort wäre, wo ich heute bin. Danke, Guido, Ursula und Rich, dass ich so viel von Euch lernen durfte und darf. Danke an meine Peer Group, danke an Ama, dass ich mit Dir lernen durfte.